たち

中原一也

キャラ文庫

この作品はフィクションです。
実在の人物・団体・事件などにはいっさい関係ありません。

目次

双子の獣たち……5
あとがき……248

双子の獣たち

口絵・本文イラスト／笠井あゆみ

プロローグ

「ねぇ。こっちとこっち、どっちがいいかしら？」

ハンガーにかけた女性物のスーツを両手に抱えた女性が、奥の部屋から出てきて両手を肩のところまで上げてみせた。

歳《とし》は四十代前半くらいだろうか。ウェーブの掛かった髪を一つにまとめ、上品な化粧をしている。すっとした目鼻立ちをした和風美人は、細身で背も高い。

リビングでテレビを観ていた四十半ばの男性がその画面から目を移すと、彼女は交互にスーツを自分に当ててみせた。

「ね、お父さんが決めて」

「うーん。母さんはなんでも似合うからなぁ。どう思う？　紅《こう》」

紅と呼ばれた中学生くらいの少年は父親の横に座ってテレビを観ていたが、話を振られると母親の姿を見て言う。

「どっちも似合うよ。もう三十分も迷ってるの気づいてる？」

「え、もうそんなに経《た》った？」

「さっきから行ったり来たりしてるよ」

わざと呆《あき》れた口調で言うが、彼女は口を尖《とが》らせるだけだ。

「でも、せっかくフランス料理を食べに行くんだから、綺麗《きれい》にしたいんだもん」

「母さんは着飾らなくても十分に綺麗なんだから、何を着て行っても父さんの自慢だよ。決めきれないなら、そっちの薄いピンクのスーツにしたらどうだい？」

夫に言われてようやく決める気になったようで、彼女はオフホワイトのパンツスーツを置いて淡いピンクのスーツをもう一度自分に当ててみせる。

「うん。とても似合うよ母さん」

「そう？　じゃあ、こっちにするわ」

彼女はいそいそと自分たちの寝室へと入っていき、五分後に淡いピンク色のスーツを纏《まと》って出てきた。シフォンのスカートは歩くたびにヒラヒラとし、女性らしいラインが生かされている。甘くなりすぎないよう、上着はフォーマルなスタイルにしているおかげで、彼女の年齢の女性でも十分に着こなせている。

歳相応の上品さと女性の可愛らしさが兼ね備えられた上品なスーツだった。

「ねぇ、それより紅。あなたたち、夕飯は本当にピザでいいの？　一緒に来たらいいのに」

「いいよ。結婚記念日は二人で食事に行ってもらうって決めたことだし。それに、俺はフランス料理よりピザのほうがいいもん」

「僕もピザのほうがいい」

その時、別室から小学校高学年くらいの少年が姿を現した。

「あら、いつ帰ったの？　いつまでも帰ってこないから心配してたのに。えっと……悦司《えつし》。あなたは悦司よね？」

「そう。当たり」

「ほら正解だったわ。ええ、母さんはわかってたわよ。篤志《あつし》は戻ったの？」

「まだ外で遊んでる」

「もう……いつも遊んでばかりなんだから。宿題やったのかしら？」

悦司と呼ばれた少年は、自分にとばっちりがこないうちにとでもいうように、二階へと駆け上がっていった。しかし、バタバタと足音を立ててまたすぐに戻ってくる。

手にしているのは、宅配ピザのチラシだ。それをキッチンのテーブルに広げ、椅子《いす》に座って眺め始める。

「ねぇねぇ、お兄ちゃん！　ピザ、どれにする？」

今から楽しみだというように、少年は両手で頬杖《ほおづえ》をついて足をぶらぶらさせた。

「俺は照り焼きチキンかトマトがたっぷり載ったやつ」

「僕ね、ツナマヨコーンがいい！」

「ピザだけじゃなくて、サラダもちゃんと食べるのよ。冷蔵庫に母さんが作ったのがあるから。

残したら承知しないわ。ねえ。それよりお兄ちゃん。篤志がその辺にいないか見てきてくれない？　もうすぐ暗くなるのにまだ戻らないなんて」

「もう六時か。父さんたちも出かけなきゃならないのに、あいつはいつも自由奔放だな。困った奴だ。父さんがちょっと見てこよう」

　父親がよいせと立ち上がると、ソファに座っていた少年がお腹を抱えて笑い始めた。何ごとかときょとんとする両親の顔を見て、キッチンのテーブルで宅配ピザのチラシを一所懸命見ている弟を指差す。

「それ、篤志のほうだよ」

　両親は驚いた顔で、自分の息子を見た。

「やだもう！　篤志だったの。嘘ついたわね。じゃあ帰ってないのは悦司？」

「悦司も帰ってるよ」

「え？」

「さっきここにいたのは悦司。宅配ピザのチラシを取りに二階に行った時に入れ替わったんだよ。な？」

「当ったり〜」

　得意げに言うと、少年は椅子から降りて階段のほうへ駆けていった。

「悦司〜。もう降りてきていいよー」

階下から呼ぶと、二階から同じ顔をした少年が降りてくる。

「大成功」

「いえーい」

双子の兄弟は、笑いながらハイタッチをした。

まるで鏡のようだ。

まんまと騙《だま》された両親は、悪戯《いたずら》に成功して喜んでいる息子たちを見て、呆気《あっけ》に取られている。

そして、すぐに我に返って抗議を始めた。

「前髪の分け目を変えてたわね。同じ洋服に着替えたりして……もう、二人ともひどいわ」

母親は拗《す》ねるように言い、深いため息をつく。

「母さん、母親失格ね。自分の息子を見分けられないなんて」

「いや。父さんもわからなかったぞ。母さんだけじゃない」

「でもお兄ちゃんは見分けられるじゃない」

「そうだ、紅。お前はどうして絶対間違わないんだ？　今まで間違えたことないんじゃないか？」

両親の注目を浴び、真剣な表情に思わずたじろいでしまう。

確かに、父親の言うとおりだった。

少年は、両親ですら外見だけではなかなか見分けがつけられない二人の弟を、一発で見分けられるという特技を持っていた。

どこに違いがあるのか自分でも説明できないが、なんとなくわかってしまう。匂いでも雰囲気でもない。もちろんホクロのような見分けるための目印があるわけでもない。

強いて言うなら、第六感とでも言うのだろうか。

見た瞬間に、無意識のうちに篤志か悦司のどちらなのか認識しているのだ。二人はこうしてよく悪戯で入れ替わって周囲を騙して遊んでいるが、兄の紅だけは百パーセント見分けてきた。一度だって間違ったことはない。

これはもう、才能と言うしかないだろう。

「さぁ、どうしてかな」

「ずるいわ。見分けるコツを母さんにも教えて」

「教えてって言われても……」

真剣な表情でつめ寄られ、返答に困った。言葉で説明できるのだったら、とうにしている。自分がなぜ二人を完璧《かんぺき》に見分けられるのか、本当にわからないのだ。

感覚だけで見分けているため、説明のつけようがない。

「それよりもう時間なんじゃないの？　ギリギリだと事故起こすよ」

苦し紛れにそう言うと、彼女はようやくリビングの時計を見て急に慌て出した。

「あらやだ。もうこんな時間じゃない」

「じゃあそろそろ行くか。お前たち、留守番頼むぞ」

「はーい」

父親は返事のよすぎる息子たちを見て笑い、ソファにかけていたスーツの上着を羽織った。そして、妻を促して玄関に向かう。

彼女はいつもはしまってある高いヒールのパンプスを履き、玄関の鏡で身だしなみを整えた。そして、夫と向かい合ってお互いの姿を確認する。

「どう？　変じゃない？」

「とても似合ってるよ、母さん。今日は特別綺麗だ」

「あなたも素敵だわ。紅が誕生日に買ったネクタイ、とても似合ってる」

「紅のセンスがいいんだよ」

「私たちの息子だもんね」

玄関先で仲睦《なかむつ》まじくしている夫婦に、息子たちの呆れた視線が集まっている。

「何いちゃついてるんだよ」

年頃の息子がわざと冷やかしてみせると、二人は慌てて離れた。いつまでも恋人のように愛し合っている夫婦は、よくこうして息子にからかわれる。

「じゃあ。戸締まりはちゃんとしておくんだよ」

「チャイムが鳴ってもすぐドアを開けないでね、インターホンで相手を確認してからよ」

「わかってるって。いってらっしゃい。楽しんできて」

「篤志も悦司も、お兄ちゃんの言うことをよく聞いてね。それからコーラ飲み過ぎないで」

「はーい」

「はーい」

双子の弟の声が見事にハモると、夫婦は息子たちに留守番を任せて、しばしの間新婚気分を味わうために出かけていった。

1

朝、顔を洗ったあとに一番にすることは朝食の準備だ。

真田《さなだ》紅は、エプロンを装着すると光溢《あふ》れるキッチンに立ち、毎日の日課になっている朝食作りに取り掛かった。

コーヒーメーカーにコーヒー豆をセットし、フライパンを火にかける。卵は五つ。目玉焼きにするかスクランブルエッグにするかは、その日の気分次第だ。ソーセージはボイルしてマスタードを添えておき、スーパーで買ってきた袋詰めキャベツの千切りを三等分にしてサラダボウルに入れる。前日に用意していた鶏のささみを裂いたものと缶詰のビーンズを載せると、立派なサラダが出来上がった。

昨日仕込んでいた野菜スープは、セロリや人参、キャベツなどの野菜をベーコンでコクを出したコンソメスープで煮込むだけの簡単なものだ。

こだわりといえば、トーストはあらかじめ温めておいたトースターの中で濃い目の狐色に仕上げることだろうか。二年は通っている近所のパン屋の食パンは、一番いい状態で食べないと勿体無《もったいな》い。もう八十にはなる爺《じい》さんが毎日焼くパンは絶品だ。気が向けば、レバーパテを塗ったりチーズを載せたりすることもあるが、一番美味《おい》しいのはやはりバタートーストだろう。カリカリの耳もふわっとした中の部分もどこをとっても素晴らしく、口に入れると途端に幸せが広がる。

紅はコーヒーの準備ができたのを見計らい、トースターのスイッチを入れた。時計を見て、キッチンから玄関まで伸びる廊下のほうを覗《のぞ》く。

「お～い。篤志、悦司。いい加減に起きろ～」

大声で呼ぶが、応答はない。これもいつものことで、なかなか起きてこない弟たちのために布団を剥《は》ぎ取りにいくのが日課となっている。もう一度呼んだがやはり反応はなく、今日もお決まりのコースかと、エプロンを取って椅子に放り投げてから弟たちの部屋に向かった。

「ったく、しょうがないな」

先に開けるのは、ダイニングキッチンから出てトイレを挟んで右側にある篤志の部屋だ。廊下を挟んだ向かい側に悦司の部屋があるが、篤志の部屋のドアのほうが一メートルほどキッチンに近い。

「おい。朝だぞ」

ドアを開けると、ベッドは空っぽだった。その代わり床の上では、百八十九センチの長身を生かした長い手足で布団に抱きついたまま寝ている一匹の獣がいる。

男らしいキリリとした眉《まゆ》。目を閉じていても二重のラインはくっきりと浮かんでおり、鼻筋も通っている。唇は厚くも薄くもないが、横に大きくてまるで狼《おおかみ》のようだ。

グレーのスウェットを着た眠れる獣は、七匹の子ヤギを食べて満足しているというように、ぐっすりと眠り込んでいる。

真田篤志——紅の双子の弟の片割れで、後に生まれたほうだ。つまり、三男。歳は今年で二十五になる。

篤志は大学三年の終わり頃からモデルのバイトを始め、今ではそれを生業としている。野性的な顔立ちをした篤志は若い女性に人気があるらしく、仕事も順調に入ってきており、所属しているモデル事務所の中では期待されていると聞いていた。

我が弟ながら惚《ほ》れ惚れするほどの男前で、親馬鹿ならぬ兄馬鹿だ。子供の頃から見ていると慣れてしまうが、ふとこれが弟だなんてすごいことなのではと思うことがある。

こうしてベッドから落ちたまま眠っていても、素材がいいため雑誌の写真を切り抜いたようにも見えるから不思議だ。

思わず自分の弟を鑑賞していた紅は、我に返って篤志の足元に近づいて声をかけた。

「おい、篤志。起きろ」

「ん〜〜〜、兄貴。あと五分」

「何が五分だ。とっとと起きないと、今日は撮影なんだろう?」

朝が弱い弟は、声をかけてもすぐには起きない。若い女が黄色い声をあげるほどの男前に成長しても、こういうところは子供の頃から変わっていないのが嬉《うれ》しくもあった。

自分だけが知っている一面というのが、自分が他の誰も代わりの利かない『兄』だということを実感するのだ。

恋人ができても結婚しても、兄だということは一生変わらない。誰かがなりたいと切望しても、絶対になれない。

自分だけの特別な居場所を手に入れたような気にすらなる。

「篤志、ほら。起きろよ。パンが焼けるぞ」

「ん〜〜」

足で尻《しり》の辺りをムギュッと踏みながら揺すってやると、足首を掴《つか》まれて顔のほうへ引き寄せられた。

「おはよう。兄貴の足、すべすべ」

「おはよう。お前、朝から何やってるんだよ」

紅の言葉など聞こえていないのか、篤志は寝ぼけ眼で頬《ほお》を擦り寄せ、うっとりとする。キスまでしそうな表情に、さすがの紅も呆れた。自他ともにブラコンだと認める篤志は、若い牡《おす》の色気を振り撒《ま》きながら実の兄に対して平気でこんなことをするのだ。

「まるで作り物みてぇだな。爪の形もいいし」

さらに頬擦りをし、うっすらと目を開ける。

「ペディキュア塗ったら似合いそう」

「男がそんなもの塗るわけないだろう。ほら、起きないと遅刻するぞ」

　軽く肩を脚で押してやると、篤志はのっそりと起き上がった。寝癖がついた髪はあちこちに跳ねているが、無防備な獣の姿は紅の目に魅力的に映る。

「う〜」

「お前は、俺が作った朝食を無駄にする気か」

「あ。食べる。食べます食べます」

「じゃあ、さっさと顔洗ってこい」

　慌てて洗面所へ向かう篤志を見送り、紅は軽いため息をついた。枕元《まくらもと》の目覚ましに手を伸ばすと、しっかりスイッチがオフになっている。

　今日も勝負に負けたかと、二つついた大きめのベルを指でチンと弾《はじ》いてから元の場所に戻した。そして、もう一人の弟の部屋に向かう。

　ドアを開けると、安らかに目を閉じた獣がきちんとベッドの中に収まっていた。ベッドメイクしたままなのではというくらい布団の乱れはなく、真っすぐな姿勢で布団の中にいるのはいつものことだ。

　真田悦司――双子の兄のほうで、歳はもちろん二十五。二男ということになる。

　身支度をする前の悦司は、紅以外の人間は区別がつかないほど篤志と似ている。

身長も体重も、きりりとした眉も、閉じていてもくっきりと二重のあとがついている目も、横に広い口も、どの特徴をとっても瓜《うり》二つだ。左の耳たぶにあるホクロの位置もまったく同じというのは、すごいと思う。

一卵性双生児というよりクローンに近い。

しかし、同じ外見をしていてもそれぞれ別の存在だと証明しているかのように、中身はまったく違う。

大手証券会社に勤める悦司は昔からクールで、熱くなりやすい篤志とは正反対だ。大雑把《おおざっぱ》な篤志と違い、几帳面《きちょうめん》でなんでも計画的に進めるのが好きで、寝相にまでその性格が出ている。

経済学部に所属していた悦司は、昔から経済が好きで随分と早い時期から株や投資に興味を抱いてきた。大学の頃からすでにアルバイトで貯めたお金を一部運用しており、投資どころか貯めたお金を定期預金にすら入れない紅は感心することしきりだ。

自分のほうが弟なのではないかと思うほど、しっかりしている。

今はワイルドな獣に見えるが、ひとたびワイシャツを身につけ、メガネを装着して髪の毛をオールバックに撫《な》でつけると途端にエリートの様相になるのだから、我が弟ながら惚れ惚れする。堅い印象になる銀縁のメガネを愛用しているのだが、色気がないはずのそれに、なぜか色気を感じてしまうのだ。

中指でメガネを上げるだけで、若い女のテンションを上げられるのが兄としては自慢でもあり、男として少々嫉妬《しっと》したくもなる。

「おはよう、悦司。どうせ起きてるんだろ？」

「ん？　おはよう兄貴」

悦司はその姿勢のまま、パチリと目を開けた。

「やっぱり……。お前はどうして起こすまで布団から出てこないんだ」

「兄貴に起こしてもらうのが、俺の楽しみだからさ。今日も美人だよ、兄貴」

篤志に負けず劣らずブラコンの悦司は、女ならうっとりするだろう台詞《せりふ》を口にした。そして躰《からだ》を横に向け、肘《ひじ》をついて紅に優しげな視線を向けてくる。

「篤志はもう起きて顔洗ってるぞ」

「兄貴。一緒に寝ない？」

「何甘えてるんだよ。お前は俺の作った朝食を無駄にする気か？」

「残念。兄貴と二度寝したかったんだけどな」

悦司は起き上がると、サイドテーブルのメガネを取って装着した。前髪を掻《か》き上げるとラフなオールバックになり、エリートの片鱗《へんりん》がチラリと見える。

「兄貴、今日も本当に美人だ」

「それはさっき聞いたよ」

「何回だって言いたくなるほど美人ってこと」

ベッドから降りた悦司の手が伸びてきて、肩を抱かれて頭にキスをされた。

外国人顔負けの朝の挨拶《あいさつ》に呆れるが、すっかり慣れてしまっていて今では文句を言う気にもなれない。照れもせずバラの花束を抱えて歩けるような弟は、そういった姿が似合ってしまうものだからついつい許してしまうのだ。

男からキスをされるなんてお断りだが、弟たちは特別だった。足に頬擦りされようが、頭にキスされようが、嫌だとか鬱陶《うっとう》しいなどと思ったことはない。むしろ、外では見せない弟たちの素顔を自分だけに見せてくれることが、嬉しいと感じる時もある。

両親を失ってから、兄弟三人で生きてきたのだ。他人が見ると過剰と取られるだろうスキンシップも、紅にとっては心地いいものだ。

「あ、お前なに朝から兄貴にベタベタしてんだよ」

その時、顔を洗ってきた篤志がドアの隙間《すきま》から顔を覗かせた。

「別にいいだろう？　兄弟なんだから」

悪びれもせず、それどころか悦司は見せつけるように紅の肩を抱き寄せてもう一度キスをしてくる。

「俺にはしねぇくせに」

「お前だって俺の足に頬擦りしたりしないだろう？　それと同じだ」

「俺は兄貴の脚フェチなんだよ。それより洗面所空いたぞ」

「わかってるって」

篤志に急《せ》かされ、悦司もようやく洗面所に向かった。悦司の姿が見えなくなると、今度は篤志がここぞとばかりに後ろから抱きついてきて、髪の毛の匂いを嗅《か》いでみせる。

密着した躰は引き締まっていて、兄である自分よりも男らしく理想的な躰をしていることを見せつけられるようだ。

「兄貴っていい匂い。同じシャンプー使ってんのになんでだろうな」

「お前だっていい匂いするぞ。シェービングローション塗っただろ?」

「男は身だしなみが大事だからな」

ふざけて髭《ひげ》を剃ったばかりの顔を擦りつけられ、笑いながら顔を押し返した。

まるで大型犬にじゃれつかれている気分だ。子供の頃に近所で飼われていたイタリアングレーハウンドによく似ている。ラッキーという名の雄犬は毛足が短く艶《つや》やかで、ウエストが引き締まっていて四本の脚はスラリと長く、スタイリッシュで格好よかった。

よく躾《しつ》けられていたため吠えることもなく、すぐに仲良くなったのを覚えている。

声をかけると短めの尻尾《しっぽ》を千切れんばかりに振りながら近寄ってきて、大きな舌を出して紅の顔をベロベロと舐《な》めるのだ。

いつまでも甘えてくる弟たちを見ていると、躰に対して短めの愛らしい尻尾が見えてくる気がする。

紅は、篤志の腕を解《ほど》いて引き締まった尻を叩《たた》いた。

「ほら。キッチン行くぞ。三人で朝食だ。準備手伝え」

「はーい」

篤志は名残《なご》り惜しそうにしていたが、素直についてくる。

ようやくキッチンに戻ると、温めていたトースターがチンと音を立てた。


真田紅は、半在宅のウェブデザイナーだ。歳は弟より四つ上の今年二十九歳。兄弟三人で4LDKの賃貸マンションに住んでおり、現在は週に一度か二度出社する生活を送っている。

紅の主な仕事はホームページの作成で、有名メーカーや大手企業のウェブサイトも手掛けている。企業や商品をいかにアピールするかセンスを問われる職業で、デザイン的なことはもちろん、発想力も求められる仕事だ。

紅は専門学校を卒業して今の会社に入ったのだが、社内ではすでに一、二を争う実力の持ち主で大きな戦力として重宝がられている。

誰もが羨《うらや》む恵まれた外見をしている篤志と悦司だが、双子の弟が『美人』と言って憚《はばか》らない紅もかなりの色男だった。

中性的な優男といったタイプで、二人の弟とは違って和風の顔立ちをしている。切れ長の目と長い睫《まつげ》が特徴的で、スッとした鼻筋と少し薄めの唇が、全体の印象をよりすっきりとさせていた。目を細めて口許《くちもと》に微笑を浮かべる姿は、女だけでなく男も魅了する。

癖のないサラサラの髪もそんな顔立ちによく合っていて、特に近くに男子校があった高校生時代は、バレンタインデーに制服の違う生徒からチョコレートを貰《もら》ったことが何度かあった。二人の弟は近寄り難く、遠巻きに憧《あこが》れの眼差しを送られることが多かったが、紅は比較的誰とでも上手《うま》くやっていくスキルを持っていたのも、同性から好かれる理由の一つだったかもしれない。

また、年配の女性にもウケがよく、綺麗な顔立ちをした気さくで社交的な高校生は食堂や売店のおばちゃんから人気だった。

しかし、男も女も魅了する微笑の裏には、紅の苦労が存在している。

紅の両親が結婚記念日に交通事故で突然他界したのは、紅が中学三年生、篤志と悦司が小学五年生の頃だ。元々仲がよかった兄弟だが、一度に三人も引き受けられる親戚《しんせき》はおらず、三人はそれぞれ別の親戚に預けられることとなった。

突然両親を亡くし、その上兄弟もバラバラに知らない土地で生活をするのは、子供には相当のストレスだっただろう。

特に篤志と悦司は双子だったため、離れて暮らすことに不安を覚えたに違いない。

しかし、紅も自分のことで精一杯だった。時折電話をすることはあったが、二人の弟は元気だと言うだけで寂しがる様子はまったくなかったため、安心していたのだった。

けれどもそれが二人の我慢の上に成り立っていたものだと、あとになって気づかされることになる。

あれは、兄弟三人が別々に暮らすようになってから、初めて弟たちに会いに行った時のことだ。

「ねぇ、お兄ちゃん。お兄ちゃんは健一《けんいち》叔父さんの家で暮らして楽しい?」

半年振りに会った篤志は、紅と二人きりになるなりそんなことを聞いてきた。夕飯までまだ少し時間があったため、篤志が通っている学校まで二人で出かけたのだ。

もう夕方で、学校の校庭にはほとんど人の姿はなく、ジャングルジムも上り棒も寂しげに立っているだけだ。

校舎の窓に夕日が映り込み、オレンジ色に燃えている。

ブランコに乗って風を全身に浴びていた紅は、まだ篤志の異変に気づかず、少しでも空に近づこうと懸命に漕いでいた。

「うーん、普通かな。でも健一叔父さんも歩美《あゆみ》叔母さんも優しいよ」

「明日帰るんでしょ？」

「うん。明日は悦司のところに行かなくちゃな」

「ねぇ。僕も一緒に行ったら駄目？　僕、お兄ちゃんと一緒に暮らしたい」

「え？」

篤志を見ると、それまで元気に揺れていたブランコは止まっている。足元を見たまま俯《うつむ》いている弟の短いズボンから出ている二本の細い脚は、前に投げ出されたままだ。

ザッと土を蹴《け》って自分の乗ったブランコを止めると、紅は慌てて俯いた篤志の顔を覗き込んだ。すると、篤志は目に涙をいっぱい溜《た》めている。

それまで泣き言を一切言わなかった弟が必死で涙を堪《こら》えているのに気づいた紅は、動揺した。

「篤志？　なんかあったのか？　学校で苛《いじ》められたのか？」

「違う」

「じゃあ、どうして急に……」

「急にじゃない。僕、お兄ちゃんと一緒に暮らしたいよ」

兄の顔を見て、張りつめていた糸がぷっつりと切れたのだろう。

親戚がいる前ではそんな素振りすら見せなかっただけに、紅は驚きを隠せなかった。どうして今まで気づいてやれなかったんだろうと反省するが、一度本音を口にした篤志の感情は次々と溢れ出してしまう。

「ねぇ、悦司は元気？　悦司に会いたい。なんで僕たちみんなバラバラなの？」

溢れてきた涙を両手で拭《ぬぐ》いながら、篤志は嗚咽《おえつ》を漏らし始めた。

瞬く間に目は真っ赤になり、瞼《まぶた》は赤く腫《は》れ上がる。

「お父さんとお母さんがいなくても、お兄ちゃんや悦司とは暮らせるでしょ」

小さな肩を震わせて泣く篤志をどんなに宥《なだ》めても、涙は止まらなかった。悦司に会いたい、お兄ちゃんと暮らしたい、と繰り返すだけだ。

「篤志。お前、今まで我慢してたのか？」

「だって……我慢しなきゃいけないって。みんなではもう暮らせないって。でも……っ、僕はやっぱりお兄ちゃんと悦司と一緒に暮らしたい。どうしてみんなで暮らせないの？」

「それは……」

「明日帰るなんて言わないでよ。僕を置いていかないでよ」

言葉が出なかった。

よく悦司と入れ替わって悪戯をしていた頃の篤志はこんなふうに泣く子ではなかったため、戸惑いを隠せない。上手く説明できる術《すべ》を知らない紅は、謝ることしかできなかった。

「ごめんな。兄ちゃん全然気づかなくて、ごめんな」

弟の涙を止めることすらできない自分が、腑甲斐《ふがい》なかった。

紅もまだ子供で、親戚の決めたことに従うしかなかった。けれども、泣きじゃくる篤志を見て、仕方ないなんて思えるほど割り切れるものでもない。できることなど何もなかった紅は、ずっと小さな弟の肩を抱いて何度も謝ったのだった。胸が締めつけられ、最後のほうは紅も半泣きになっていたのを覚えている。

申し訳なさや、自分への腑甲斐なさなど色んな感情が入り混じっていた。心を抉《えぐ》られるようで、それまで自分のことで精一杯だったことを深く反省した。

ようやく篤志が泣き止《や》んだ頃には、辺りはすっかり暗くなっている。

そして翌日、紅は寂しそうに自分を見送る篤志を置いて悦司に会うために新幹線に乗った。

久々に会った悦司は笑顔だったが、篤志のことを思い出すと、素直に再会を喜べない。

親戚の前では本音を言えないだろうと、みんなで昼食を摂《と》ってひとしきり叔父たちと話をしたあと、紅は悦司を公園に連れ出した。篤志と同じように泣いて訴えるかもしれないと思うと、身構えてしまう。

けれども、悦司は違った。

「大丈夫だよ。僕は大丈夫」

悦司は砂場にしゃがみ込むと、置き忘れられた子供用の小さなスコップで砂を掘りながら淡々とした口調で言った。

意外な言葉だったが、兄の目から見て無理をしているのはわかる。口を一文字に結び、紅の目を見ようとはしないのだ。

「我慢しなくていいんだぞ」

「我慢なんてしてない。僕は寂しいとか言わない。だって……我がまま言ったら、お兄ちゃんが困るから」

砂を掻きながら、悦司は台詞を読むようにそう続けた。

悦司の性格を考えれば、この反応も納得できる。しかし、まだ小学生なのだ。自分の本音を隠そうとする姿が、より紅の心を締めつけたのは言うまでもない。

「篤志は、三人で暮らしたいって言ってる」

弾かれたように、悦司が顔を上げた。

「我がまま言っても困らないんだぞ。困らないから、ちゃんと本当のことを言ってみろ。兄ちゃんはお前が我慢してるより、そっちのほうがいい」

悦司の瞳が揺れた。

篤志のように涙をポロポロ零《こぼ》して泣きじゃくりはしなかったが、必死で涙を堪える姿から、積もり積もったものを感じた。やはり、悦司も篤志と同じ思いなのだ。

「篤志に会いたい。本当は僕だって……三人がいい」

ようやく出てきた本音に、このままではいけないと思った。

大好きな両親を亡くしたからこそ、兄弟三人は一緒にいるべきだ。残された家族は、一緒にいなければならない――。

悦司の肩を抱き締めながら、後ろ髪を引かれる思いで置いてきた篤志の顔を思い出し、再び家族との生活を取り戻す決意を固くした。

紅が初めに試みたのは、両親が遺してくれた財産を管理してくれていた叔父に三人暮らしをさせて欲しいと相談することだった。もちろん、親戚の誰もが反対したのは言うまでもない。子供だけで暮らすなんてもってのほかだと、言い分すら聞いてもらえなかった。

しかし、それでも紅は諦《あきら》めなかった。

受験勉強を頑張り第一希望だった高校に合格することはもちろん、私生活でも品行方正を心がけた。願いが叶《かな》った時のために、率先して家事の手伝いをし、料理や洗濯の仕方など生活に必要なことすべてを身につけた。

そんな地道な努力が認められたのだろう。紅が高校を卒業して専門学校に通う頃になると、週末は親戚の誰かが紅たち三人兄弟の様子を見に来ることを条件に、三人暮らしをすることを許してもらったのだ。

たまたま二年間の海外赴任が決まった親戚のマンションが空いたのも、運がよかった。家は人が住んでいないと傷むと言うが、購入したばかりのマンションを他人に貸すことにも躊躇《ちゅうちょ》があったため、紅たちに住んでもらうという選択肢を選んだ。

だが、紅の努力はここで終わらない。

ようやく夢が叶ったとはいえ、世間体もある。

紅は、兄弟三人での生活を守るために近所の大人たちに礼儀正しいところを見せた。二年経てば、また住むところを探さなければならないのだ。もし、何か問題を起こしたりしたら、それを機にまたバラバラにされてしまうかもしれない。いや、即三人暮らしを解消ということも有り得る。もう二度と弟たちと離れたくない紅にとって、それだけは避けたいことだった。

道端で会えばちゃんと挨拶をするのはもちろんのこと、地域の清掃活動にも弟二人を連れて参加した。

そうやって大人たちを自分の味方につけるために、紅は誰もが心を許してしまう微笑を身につけたのだった。

悦司がキッチンに顔を出すと、三人で席についた。シンクに近いほうの席に紅が座り、その向かい側に篤志と悦司が並んで座るのが決まりとなっている。

毎朝繰り広げられる食卓の風景だ。時折親戚が交じることはあったが、三人揃《そろ》っての朝食はずっと続いている。

「いただきまーす」

声を揃えて言うと、三人は早速並べられた朝食に手をつけた。

二匹の飢えた獣は、朝っぱらから食欲全開だ。

「お、卵ふわっふわ。昨日のスパニッシュオムレツもよかったけど、やっぱシンプルにスクランブルエッグってのもいいよなー」

「兄貴の卵料理は、店に出せるレベルだよ」

卵は篤志と悦司が二つずつ。紅は二人に比べて食事の量が少ないが、特に小食というわけではない。二人の弟が、人一倍食べるだけだ。さすがに百八十九センチの身長とそれに見合う体格を維持するには、それ相応の栄養が必要なのだろう。

「あ。この野菜スープもすげー旨《うま》い。やっぱ兄貴の料理は最高だよ」

「同感。トーストも兄貴が焼くと美味しいよ」

二人とも見ていて気持ちいいくらいの食べっぷりで、料理のほとんどを担当している紅はいつも無意識の内に目を細めている。

自分の作ったものをこんなに美味しそうに食べられたら、男でも嬉しくなるのは当然だ。

育ち盛りの子供さながらにモリモリと食べる様子を見て、紅はトースターのスイッチを入れ、まだ袋に入ったままの食パンに手を伸ばした。

「パンまだ食べるだろ？　二枚目焼いてていいか？」

「食べる食べる。悦司、お前は？」

「俺も頼むよ」

野菜スープを飲み干した悦司はそう言うと、自分でお替わりを注《つ》ぎに行き、ついでに篤志の分も注いでから席に戻った。

仲のいい双子の兄弟は、言葉で確認しなくても相手のことがわかっているような行動を取ることがある。まだ欲しいのか、もういらないのか、どのくらいいるのか、言葉で聞いているところをあまり見たことがない。

些細《ささい》なことだが、やはり双子というのはどこかで通じ合っているものなのかと思う瞬間だ。

「もうすぐ父さんと母さんの十七回忌だけど、お寺は十一時からだっけ？」

「うん、そう。俺たちは少し早めに行って挨拶しないといけないけど」

「久しぶりだよなー。叔母さんたち元気してっかな」

子供の頃に世話になった親戚たちと会うのは、五年ぶりくらいになる。紅が二人を引き取りたいと言い出してから随分と心配をかけたが、みんな紅たち兄弟のことを真剣に考えてくれた。

今でも、とても感謝している。

「あ、そうそう。実は俺さ、今度デカい仕事来るかもしんねぇんだ」

「デカい仕事？」

「そ。老舗《しにせ》ファッション誌の表紙モデル。一年通じて同じモデルがやるんだよ。これ決まると今後の仕事が全然変わってくんだよなー。いわゆるチャンスってやつ？」

「すごいじゃないか！」

思わず興奮して身を乗り出すと、悦司がメガネを中指で上げながら冷静な口調で言う。

「俺と同じ顔をしてるんだから、当然といえば当然だ」

サラリとこんな台詞が言えることに思わず笑うが、似合っているものだから始末に負えない。しかも、篤志は特に反論もせず、自分と同じ顔をした悦司に同意といった態度だ。

「その関係でさ、また海外撮影入りそうなんだよ。悦司、なんか欲しいもんある？」

「そうだな。そろそろジャケットは買い換えたいな。普段用でよさそうなの何かあるか？」

「それなら『Mode hafura』から今年いいの出てんぞ。色とかどんなのがいい？」

「俺は服のセンスないからお前に任せる。なんでもいいよ」

「オッケー」

一枚目のトーストを食べ終えた篤志は、二枚目に手を伸ばした。一枚目はそのまま食べたが、二枚目はスクランブルエッグを載せて二つに折り、ホットサンドふうにしてから口の中に放り込む。

「兄貴もなんか買ってこようか？」

「んー、俺は別にいいかな。どうせ引き籠《こ》もって仕事してるだけだし、今は足りてる」

悦司がコーヒーを飲み干すのを見て、紅はコーヒーサーバーに手を伸ばした。自分のお替わりを注いだあと「いるか？」と掲げて見せると、揃ってカップが差し出される。

「ところで撮影ってどこなんだ？」

「何？　兄貴寂しいの？　大丈夫だよ、グアムだから近い近い」

「お前さ、撮影も多いならその都度換金しないで外貨で貯金しておけよ。うちに口座持ってるだろう」

「面倒臭ぇんだよな。レートとかわかんねぇし。あ、そういえばさ、この前お前に言われたとおり多めに替えたのに、損だって言われたぞ」

「あれは覆面介入入ったからだよ。お前、その直後だっただろ。タイミング悪すぎだ。どうして俺に言わないんだ？」

「だって今のレートとかあんまり知らねぇもん。じゃあさ、今度通帳渡しとくから適当に外貨で預金しといてくれよ。残ったのはお前に任せるからさ、なんか面白そうな投資ファンドとかあったら買っといて」

「お前、放っておくとずっと普通預金に入れっぱなしだからな。兄貴もだけど」

　これだけ似ている双子の兄弟でも得意な分野というのはまったく違うため、二人はそれぞれの弱点を補っているようなところがある。

　モデルの篤志が得意なのは、やはりファッションだ。篤志が選ぶ服はどれもセンスがよく、失敗がない。着崩し方も心得ており、同じ服でも篤志に掛かればぐっと見栄《みば》えがよくなるのだ。

しかも、いかにも雑誌を参考にしたというような不自然さがない。

逆に悦司はファッションにはまったく疎く、特にファッションに興味のない紅でも、さすがにどうかと思うようなコーディネートをしてくることがある。これだけの見てくれでセンスゼロのところは可愛くもあるが、さすがに本人は気にしているようでいつも篤志にアドバイスしてもらっていた。

その代わり経済には詳しく、そちらの方面にはまったく疎い篤志のために、貯金の一部を運用したり、海外に行く時に為替のレートを見極めてタイミングよく外貨に換金してやったりしている。

一度は離れ離れになった兄弟だが、ファッションや貯金の話をしている二人を見て、兄弟仲良く毎日平和で暮らせていることに改めて感謝した。

「どうしたの、兄貴」

「ん？　いや、なんでもない」

弟たちに注目されていることに気づいた紅は、最後に残ったソーセージに粒マスタードをたっぷりとつけて皿を空にする。篤志と悦司も丁度《ちょうど》食べ終わったところで、三人は手を合わせて「ご馳走様《ちそうさま》」と言ってから、それぞれ自分の食器をシンクに運んだ。

自分の食器は自分で運ぶというのは、両親が生きていた頃から躾けられてきたことだ。

「あ。俺もうちょっと時間あるから片づけ手伝うよ」

悦司が着替えに自分の部屋に戻ると、篤志が隣にやってきた。袖をまくり、紅の手から洗剤のついたスポンジを奪う。

「貸して。俺が洗うから」

「ゆっくり出る準備したっていいんだぞ」

「兄貴の綺麗な手が水仕事で荒れるなんて俺には耐えられませ〜ん。兄貴は食器拭《ふ》く係な」

ふざけた口調で言われてクスッと笑うと、紅は言われたとおり隣で洗い上げられた食器を拭き始めた。並んで立つと、目線の位置が違うことに気づかされる。

可愛かった弟は、いつの間にか背が伸びてこんなに格好よくなってしまった。身長を抜かれたのはいつだっただろうかと考えるが、兄弟三人離れ離れにならないために必死だった紅の記憶には残っていない。

「なー兄貴。食洗機買おうか。俺が金出すし」

「いいよ。電気代がもったいない。あれ、結構電気喰《く》うらしいぞ」

「俺も悦司も働いてるんだから、そんくらいいいだろ。兄貴もう少し楽しろよ。俺たちのためにずっと苦労してきたんだからさぁ」

「苦労したなんて思ってないよ。それに食洗機なんて買ったら、こうして後片づけ手伝ってもらうこともなくなるだろ」

一瞬、篤志の手が止まった。

見ると、嬉しそうに笑っている。こういう表情は、仕事で撮られた写真ではまったく見ない。つまり、紅だけが見られる表情というわけだ。

「そうだな。兄貴とこうして食器片づけるのって俺も楽しい」

「だろ?」

二十五になり、誰もが振り返るほどのイイ男に成長しても、こうして時々子供の頃のままの笑顔を見せてくれることが嬉しかった。

「何二人でイチャイチャしてるんだ。ずるいぞ」

歯を磨き終えた悦司が、首に掛けたタオルで口許を拭きながらキッチンを覗いた。

「いいだろ。俺まだ少し時間あるし。それに兄貴にキスしてたお前に言われたかねぇ」

「あれは朝の挨拶」

「日本人のすることじゃねぇよ。なぁ、兄貴」

確かに篤志の言うとおりだが、悦司はそういったことをサラリとしてしまうものだからついつい許してしまう。今ではすっかり慣れてしまった。

「それより篤志。ネクタイ買ったんだけど、スーツ何色がいいと思う?」

悦司はそう言って部屋から持ってきた真新しいそれを掲げてみせた。店員に選んでもらったのか、センスはなかなかだ。以前、自分で選んだネクタイがものすごく不評だったため、学習したのだろう。

大きさの違うドット柄のネクタイは、紅から見てもかなりひどかった。

「去年買った濃いグレーのやつ。ワイシャツはピンストライプのライン入ったやつのほうが締まるぞ」

「ラインのやつだな」

そう言って自分の部屋に戻っていく。

もう時間がないらしい。バタバタと用意する音が聞こえ、スーツに身を包んで悦司が慌てた様子で出てきた。ブリーフケースを手にした悦司は、篤志のアドバイスどおりのワイシャツとスーツに身を包んでおり、いかにもエリートといった雰囲気になっている。

「じゃあ、俺もう出るから。イチャイチャしすぎて仕事遅れるなよ、篤志。バイク事故なんか起こしたら兄貴が泣くぞ」

「わかってるよ」

見送りに玄関まで行くと、悦司は靴を履き終えて立ち上がったところだった。見事な立ち姿に驚かされる。

スーツやワイシャツ、ネクタイなどすべてのバランスがよく取れていた。無難にまとめたというより、センスの光るコーディネートだ。篤志の言うとおり、ワイシャツをピンストライプの柄ものにしたのがよかったようで、襟周りが全体を引き締めている。

しかも、銀縁のメガネをかけたオールバックのスタイルが、より全体のイメージをシャープにしていた。ガチガチに武装しているはずなのに、中に閉じ込められた男の色気がそこはかとなく香ってくる。

兄の紅ですら見惚《みと》れるほどの男前だ。この姿で颯爽《さっそう》と歩く姿を街の中で見たら、見慣れている紅ですら振り返ってしまうかもしれない。

「じゃあ行ってくる」

「いってらっしゃい」

玄関を出た悦司だが、ドアが閉まる前に思い出したように回れ右をした。

「あ。兄貴。帰ったら俺がハンドクリーム塗ってあげるよ」

宣言してから、早足で出ていく。

わざわざ宣言することはないだろうと思うが、弟たちにいつまでも『兄貴、兄貴』と懐かれるのは悪い気はしない。

「何篤志と張り合ってるんだよ」

笑いながらキッチンに戻ろうとすると、篤志の慌てた声がする。

「げ、もうこんな時間！」

バタバタと自分の部屋に駆け込んでいくのを見て、いつまでも変わらない弟に紅は破顔した。

「ええ。その件は先方に連絡して確認取ってますので、了承済みです」

タクシーの後部座席で、紅は会社からの電話に出ていた。

十七回忌の法事の当日。紅は篤志と悦司と三人で寺に向かっている途中だった。三人とも喪服ではなく、濃い目の色のスーツに身を包んでいる。十七回忌の法要にもなると遺族だけで行うことも多いが、親代わりになってくれた親戚もいるため、呼ぶことにしていた。

寺で経を上げてもらい、そのあとは近くの料亭で精進落としの予定なのだが、あと十分ほどで寺に着こうかという時に会社から電話が入った。

内容は進行中の仕事の件で、新商品のキャンペーンページに関することだった。ウェブ上からも応募できる形にすることになっているのだが、先方の担当者と連絡がつかず、進行が少し遅れている。焦るほどではないが、アクセス数を増やすために無料で遊べてポイントも溜められる簡単なゲームを掲載することになっているため、早めに返事が欲しいところだった。

「ええ。デザインは五パターン出してるんです。返事が来なかったから電話して伝言をお願いしてたんですけど、まだ担当から連絡がないんですよ」

どうやら担当から会社に連絡がきていたようで、紅が先方に頼んでいた伝言は届いていなかったようだ。

「なんなら、帰りに会社に顔を出しますけど。そっちに寄らなくて大丈夫ですか？　ええ、俺は明々後日出社します。はい、じゃあその時にでも。はい、お疲れ様です」

電話を切ると、軽くため息をついて携帯をしまう。

「仕事の電話？　なんかトラブルでも起きたのかよ？」

「いや、大丈夫みたい。連絡ミスでさ、俺の伝言が伝わってなかったらしい」

「じゃあ解決したんだ？」

「ああ」

慣れないスーツが窮屈でネクタイを緩めていたが、もう寺に着くだろうとネクタイをしっかりと締め直した。首元がきっちりしていると気が引き締まり、自然と背筋も伸びる気がする。

「どうだ？　真っ直ぐなってるか？」

「うん、いいよ。すごく似合ってる」

「兄貴のスーツ姿っていいよなー。モデルにだってなれるぜ。兄貴もうちの事務所に入ればいいのに。絶対すぐに人気出るよ。社長に兄貴の写真見せてみよっかなー」

「俺は反対だな。兄貴が人気出たら困る」

「確かにな。でも自慢して回りてぇ」

タクシーの運転手がいるというのに、相変わらず二人してべた褒めに褒めてくれる弟たちに呆れ、これ以上やめてくれと二人を肘でつつく。

寺に到着すると、三人はタクシーを降りて敷地の中へと入っていった。掃除をしていた中年の女性を見つけ、声をかける。

「おはようございます。今日、十七回忌の法要でお世話になる真田ですが」

「ああ、本日十一時からの……。おはようございます。こちらへどうぞ」

彼女はホウキを持ったまま、境内の隣にある建物へ三人を案内した。

まず住職に挨拶に行き、軽く今日の打ち合わせをする。まだ少し時間があったため、三人は時間まで寺の敷地内を散歩することにした。庭は手入れが行き届いており、緑も多く風も心地よい。

信心深いほうではないが、こういった場所はどこか空気が澄んでいるように感じた。日常とは違う速さで時間が流れているような気がして、落ち着くのだ。三人で散歩をすることもなかなかないため、この何もしない時間を満喫する。

「撮影以外でスーツ着るのって久しぶりだ。悦司は毎日よくこんな窮屈なもん着てられるよな。感心するよ」

篤志がガラス戸に映った自分たちの姿を見て、ネクタイの位置を正しながら言っているのが背後から聞こえた。

「俺はスーツ好きだけどな。気が引き締まる」

悦司が、中指でメガネを押し上げながら冷静に返す。その仕草が嫌味なくらいに似合っており、二人の男ぶりに紅は口許に笑みを浮かべた。自分たちがどれほどイイ男なのかわかっているのかと軽く男の嫉妬を覚えるのだが、同時に自慢でもあった。こいつらが俺の弟なんだと触れて回りたいという気持ちもある。

絵になる二人を置いて歩いていくと、篤志に呼ばれる。

「兄貴」

「ん?」

振り返るなり、写真を撮られた。

「何やってるんだ」

「兄貴のスーツ姿ってめずらしいし、撮らない手はねぇだろ。いいねー。見返り美人」

篤志が写真を見て満足そうにすると、悦司がそれを覗き込む。

「篤志。その写真、俺のスマホに転送しておいてくれ」

「え~、どうしようかな~」

「なんだよ。この前は俺が撮ったやつ送っただろう?」

また始まった。

スーツを着た男前で長身の二人が、仲良く顔を寄せ合って携帯の画面を覗き込んでいる光景は微笑《ほほえ》ましいが、会話の内容には同意しかねる。自分よりイイ男に育った弟たちに美人だのなんだのべた褒めされると、むず痒《がゆ》くてならない。

「あらっ。紅ちゃん！」

その時、遠くのほうから声をかけられて紅はそちらを見た。すると、太めの中年女性が一所懸命手を振っているのが見える。

子供の頃はよくおもちゃを買ってくれた母のいとこで、篤志が一時期お世話になっていた幸《ゆき》枝《え》おばさんだ。いつも明るくて子供好きで、紅は昔から大好きだった。

「篤志ちゃんと悦司ちゃんも。久しぶりぃ」

「どうもご無沙汰《ぶさた》してます」

「幸枝おばさん、久しぶりです！」

二人が頭を下げると、彼女は太めの躰を揺らしながら駆け寄ってくる。また体重が少し増えたようで、走った距離は五メートルほどだというのに随分と息を切らしていた。

「んまー、イイ男になってから」

幸枝おばさんは、長身の二人を見上げて口許に手を遣った。

「ちょっと、昭美《あけみ》さん！　紅ちゃんたちよ。ほら、こっち来て！」

「あら〜。久しぶりぃ〜」

幸枝おばさんに呼ばれ、親戚のおば様方がわらわらと集まってくる。こんなにイイ男が二人もいるのだから、彼女たちが小走りになってしまうのも納得できた。

韓流スターに夢中になっていると聞いていたが、女はいくつになっても女なのだ。多少贅肉《ぜいにく》がついてもシワが増えても、素敵な殿方を見たら頬を赤らめて黄色い声をあげる。

心をときめかせる乙女たちは、あっという間に三人を取り囲んでしまい、紅たちは逃げる場を奪われた。

「どっちが篤志ちゃんでどっちが悦司ちゃんね?」

「右が悦司で左が篤志です」

「はぁ～、やっぱり紅ちゃんはすごかねぇ。おばちゃんはいまだにどっちがどっちかわからんよ」

「悦司ちゃんは証券会社なんやろ～。小難しそうな仕事やね～」

しばらくすると、彼女たちに遅れて男性陣がやってくる。

「よう、紅か。お前ら、三人揃って男前になってから」

「こんにちは、叔父さん」

紅がしばらく世話になっていた健一叔父さんは、三人が熟女たちに取り囲まれているのを見て助け舟を出してくれた。

「ほらほら、紅たちはホストじゃないんだぞ。こんなところで油売ってないで、中に入れ。坊さんが来た時誰もいないじゃ洒落《しゃれ》にならんぞ」

尻を叩かれるようにして彼女たちが移動を始めると、ようやく解放された篤志と悦司は圧倒されたようにポツリと零した。

「なんだか居心地悪いな」

「俺もー」

他人のことは恥ずかしげもなく褒めまくるというのに、自分たちが黄色い声をあげられるのは苦手らしい。親戚の女性陣の視線をいっぱいに集めている二人は、たった五分ですっかり疲れきってしまっている。

しかし、イイ男が困る姿は魅力的だ。

「俺はお前たちがキャアキャア言われるのは気持ちいいぞ」

紅はニヤリと笑い、先に建物の中に入っていった叔父たちを追った。

それから十分ほどして約束の時間になると、住職が姿を現し、両親の法要が始まる。

「それでは、十七回忌の法要を行いたいと思います。ご年配の方もいらっしゃるようですから、無理して正座されなくてもよろしいですよ。足を崩されて構いませんので、どうか楽な格好で」

節目節目で世話になっている住職は気さくな態度でそう言ってから、祭壇に向き合った。読経が始まると、部屋は先ほどとは打ってかわって静かな空気に包まれる。

回されてきた冊子に書いてある経文を一緒に唱えながら、紅は天国にいる両親のことを考えた。

篤志も悦司も、もうこんなに大きくなったよ。

二人の気配を両側に感じながら、紅は両親に向かってそう呼びかける。

もう丸十六年だ。結婚記念日に食事に出かけた二人は、その帰りに飲酒運転のトラックに追突されて病院で亡くなった。あの日のことは、よく覚えている。

注文したピザを三人で食べたあと、コーラを飲みながらテレビを観ていた時に電話が鳴った。もう中学生だったが、両親が亡くなったと聞き、どうしたらいいのかわからず、しばらく呆然《ぼうぜん》としていた。

リビングで篤志と悦司が、コーラの残りを取り合いながら笑っている姿を見て、自分がしっかりしなければと、強く思ったのを覚えている。

実は、結婚記念日に新婚気分を味わってもらおうと言い出したのは紅だった。自分がそんなことを言わなければ、両親は死ななかったんじゃないかと思ったこともある。弟たちを護りたいという強い思いの原因の一つは、そこから来ているのかもしれない。

一度は離れ離れになった兄弟だが、大事な家族とこうして一緒にいられることに感謝し、それはきっと天国で見守ってくれている両親のおかげだと思った。

これから先も、ずっと見守っていてくれと心の中で両親に呼びかける。

読経が終わると、なぜか心が澄んだ気分になっていた。座禅を組んだあとも、きっとこんな気分なのだろうと思う。

「兄貴、どうかした？」

「ん？　いや、なんでもない」

それから住職の説法を十分ほど聞き、十七回忌の法要は滞りなく終了した。

「俺は最後に挨拶をしていくから、お前たちは叔母さんたちを連れて先に移動しててくれ」

「わかった。行くぞ、篤志」

「よっしゃ。またおば様方のお相手頑張るか」

篤志はこっそりと気合いを入れて、親戚たちが待っている外へ向かった。

それから住職への挨拶を済ませ、寺から歩いて五分ほどのところにある料亭の個室に親戚一同が集まって会食となる。十六畳ほどある部屋に掘り炬燵《ごたつ》式のテーブルが並んでおり、会席料理の準備も整っていた。

篤志と悦司が誘導してくれていたため、紅が中に入った時には全員席についている。すぐに店員にビールを運んでもらい、それぞれのグラスにビールを注ぐ。

「今日はお忙しい中、父博光《ひろみつ》と母妙子《たえこ》の十七回忌の法要にご参列いただきありがとうございました。ささやかではありますが席を設けましたので、どうかごゆっくりしてください」

乾杯をしたあとは、両親の思い出話や子供の頃の話に花を咲かせた。

篤志と悦司の周りにはおば様方が群がって、あれこれ質問攻めにしている。揶揄《やゆ》を入れる叔父たちも盛り上がり、二人に飲め飲めと酒を勧めていた。

それを見ていた健一叔父さんが、しみじみとした口調で紅に言う。

「みんな大人になったなぁ」

グラスのビールが半分になっているのに気づいて酌をすると、紅のグラスにも注いでくれた。

「叔父さんたちのおかげです。俺たちが我がまま言って三人で暮らしたいなんて言って、随分迷惑をかけました」

「お前らは子供の頃から仲がよかったからなぁ。バラバラにしたのはやっぱり可哀想だったな。両親を一度に亡くしたってのに、つらかっただろう」

「いえ、当然のことです。でも、俺たちのためにいろいろよくしてくれて、本当に感謝してます」

「おいおい、やめてくれ。そんな水臭い」

頭を下げる紅を見て慌てて手を振った叔父は、恥ずかしそうに頭を掻いてみせた。父の弟だけに、こういう仕草は死んだ父親とよく似ている。

「ったく、大人びたこと言うようになってから」

「もう三十手前ですから」

「そっか。もうそんなかぁ。いつまでも子供子供と思ってたらいかんなぁ。あいつらも二十五だし、本当に立派になったよ」

噛《か》み締めるような言葉に誘われて篤志と悦司に目を遣り、感慨深い気持ちになる。

すっかり成長した二人は、自慢して回りたくなるほど魅力的な青年になった。かけがえのない大事な家族だ。

「ところで紅。お前らまだ一緒に暮らしてるが、これからどうするつもりなんだ？」

「どうするって……？」

「おいおい。将来のこととか考えてないのか。お前、そろそろ結婚なんか考える時期に来てるんだぞ。そういう相手はいないのか？」

紅は、すぐには答えられなかった。

結婚したい相手どころか、彼女すらいない。

正直なところこれからどうするかなんてまったく考えてなかったのも事実で、将来どうするのかという疑問を目の前に突きつけられた格好になり、少々戸惑いを覚えた。結婚なんて他人《ひと》事《ごと》で、まだずっと先のことのような気がしていたのだ。

(俺、どうするつもりだったんだろうな)

ビールの入ったグラスを口に運び、自問してみる。

「数年間しか一緒に暮らしてないが、死んだ兄さんたちの息子だからな。俺にとってもお前らは息子みたいなもんだ。幸せになって欲しいんだよ」

それは、紅も同じだった。

篤志と悦司には、幸せになって欲しい。弟たちが幸せであることが、紅にとって何より大切なことだ。

それがたとえ、紅が望まない方向に進もうとも……。

「そうですね。そろそろ真剣に考えなきゃいけないのかな」

いつかは弟たちと離れて暮らす時が来るのだと思うと、寂しさのようなものが胸に芽生えた。三人で暮らす時間は、もう残り少ないのかもしれない。

それからは二時間ほど飲み喰いし、紅の挨拶を最後に散会となった。

用意していた引き出物を配り、三人で外に見送りに出ると、呼んでもらったタクシーに次々と乗り込んでいく。

「じゃあ、みんな元気でな～」

「今度こっちに旅行に来た時は、電話せんね！」

名残惜しそうに車の窓から顔を出して手を振る親戚たちに頭を下げ、タクシーを見送る。

紅は大きなため息をついた。まだ午後三時だが、朝から慣れないスーツを着たりですっかり疲れてしまった。

「ふぅ、終わったな」

「お疲れ、兄貴。引き出物の用意とか大変だったろう?」

「たいしたことないよ。今ネットで注文できるし」

「だけど、おば様パワーはすごかったな。生気を吸い取られた気分だよ」

悦司が少し疲れたようにメガネを中指で押し上げた。篤志と違ってクールなタイプの悦司は、特に今日のような場はあまり得意ではないらしい。

「熟女は侮れねぇよなぁ。俺絶対ホストにはなれねぇ」

篤志もさすがに疲れたようで、大きな伸びをしながら首の凝りをほぐした。

「早く帰ってスーツ脱ぎてぇ」

「帰ったらダラダラしようか。晩飯は寿司でも取ってさ」

「いいねぇ。今日は寿司だ寿司。そういや悦司。昨日の映画、録画してたよな？」

「ああ、兄貴も一緒に観よう。俺もたまには映画観たいし」

「じゃあ、支払い済ませて帰ろうか」

紅は二人の肩に腕を回し、店に向かって歩き出した。二人がふざけながら紅のほうに身を寄せてくると、頭をぐしゃぐしゃに掻き回してやる。

両親は早くに亡くしたが、こうして三人でいられることが嬉しかった。

あと、どのくらいこうしていられるだろうか。

そう思うと、三人でいられる時間がいっそういとおしく感じられるのだった。

2

初夏の日差しが眩《まぶ》しかった。

その日、紅《こう》は三日ぶりの出社だった。自転車通勤をしている紅はまずトイレに行き、ふき取りシートで汗を軽く拭《ぬぐ》ってデオドラント効果のあるスプレーをシャツの中に吹きつける。躰《からだ》を冷やしてくれる効果もあり、気分がすっきりしたところでオフィスに入っていった。

「おはようございまーす」

「おはよう。今日も服のセンスいいわね。弟さんの見立て?」

「わかります?」

紅の会社ではウェブデザイナーは基本的に私服で出社していいことになっており、紅はジーンズと長袖《ながそで》のシャツという服装だった。けれどもシンプルな中にもセンスがあり、海外の若手デザイナーが立ち上げたブランドのシャツは、面白いデザインで派手ではないが目に留まる。

紅はロッカーに荷物を入れると、共用のデスクに着いてパソコンを立ち上げた。

半在宅の紅には専用の机はなく、オフィスの半分を占める共用部分のデスクのどれか空いているものを使うことになっている。連絡事項は、会社から一人に一つずつ配布されているメールアドレスを介して行っていた。

「おい、真田《さなだ》。ちょっと来てくれ」

「あ、はい」

ひととおりチェックを終えると、上司に呼ばれて席を離れた。

紅を呼んだのは、林田幹夫《はやしだみきお》という男だ。紅より一回り近く年上の四十で、奥さんと小学生四年生になる子供がいる。林田はプログラマー兼ウェブデザイナーで、会社にいる時はいつも私服だ。

林田は中肉中背で、身長は紅より二、三センチ高いくらいだろうか。あまりファッションには興味がないらしく、いつもぱっとしない服装をしている。

紅が入社した時、紅の直接指導をしたのが林田で、弟たちのために早く一人前になりたいと思っていた紅のやる気を認めてくれ、いろいろとよくしてくれた。篤志と悦司にも何度か会ったことがあり、紅の家の事情をよく知っている。

プログラミングのセンスは抜群で、紅が会社の中で一番信用している人物でもあった。

「例のキャンペーンページだけどな、ミニゲームをもう少し複雑にして欲しいって依頼があったぞ。キャラクターも増やせだと」

「え。今からですか。納期、あと二週間くらいですよね」

「ああ。まだ時間はあるが、ここは急な変更が多いからなぁ。無理難題押しつけられる前に、もう一回担当と連絡取って確認しとけ」

「はい。今日昼頃電話することになってるんで、その時にもう一度詳細の確認をしておきます」

そう言ってデスクに戻ろうとしたが、林田に引き止められる。

「あ。それからな、仕事に取り掛かる前にちょっと話しておきたいことがあるんだが。今いいか？」

「え？　……ええ、構いませんけど」

促され、オフィスを出て自動販売機のある喫煙スペースに向かった。紅は吸わないが、林田はヘヴィスモーカーだ。オフィスにいるほとんどの時間は禁煙タバコを咥《くわ》えており、休憩時間になるとここへ来る。

林田はポケットの中からタバコを取り出すと、百円ライターで火をつけた。

空気清浄機の横の椅子《いす》に座り、煙が拡散しないようそちらに向けて紫煙を燻《くゆ》らせる。

「話ってなんですか？」

「実はな、俺、会社を辞めようと思ってるんだ」

「え……」

突然のことで、驚かずにはいられなかった。入社当時から散々世話になった人だ。専門学校でひととおりの知識を学んでいたとはいえ、実際に仕事となるとわからないことばかりで、壁に当たるたびに林田に相談してきた。

紅を一から仕込んでくれた男が林田だと言ってもいい。

居て当たり前の存在だったため、急にいなくなると言われても現実味がなかった。

「つまり……独立ってことですか？」

「ああ」

「それは、おめでとうございます」

なんて言っていいかわからず、戸惑いながらお祝いの言葉を述べる。

「とりあえず言うな」

「はは、すみません。びっくりして」

「そりゃそうだ。ごく一部の人間にしか言ってないからな。それでな、実はお前を引き抜きたいと思ってるんだ。俺のところで働かないか？」

「え……？」

林田が独立するだけでも驚く話だったが、その上自分を引き抜きたいと言われて、ポカンと口を開けていることしかできなかった。そんな紅を見て、林田は肩を小さく揺らして笑い、さらに詳細を話して聞かせる。

林田が言うには、社長には独立のことは話しており、紅を引き抜きたいという意志も伝えているのだという。

林田の人脈とスキルを考えれば、独立しても十分にやっていけるだろうと思えた。余計な人件費をかけないでいいよう、林田の妻が経理を担当するために資格を取っているのも心強い。

ただし、林田の事務所に移るとなると、今までのように半在宅というわけにはいかない。林田の妻がいるとはいえ、まだ小学生の子供もいるため紅には毎日出社し、仕事は会社でしてもらいたいのだという。もちろん今までしなかったような雑用もすることになるだろう。

「どうだ？　条件は悪くなる部分もあるが、お前の給料は今と同じくらいは出せる。住宅手当も出せるし、お前が来てくれると助かるんだが」

「そうですね。俺を仕込んでくれたのは林田さんですし、俺が役に立つんならとは思いますけど……」

「けど、か……。やっぱりそう簡単に返事はできないか」

林田の言うとおりだった。転職することに抵抗があったわけではない。こういう仕事は比較的転職の多い職種ではあり、独立したり転職したりする者は意外に多い。

紅が入社してから、この会社にいたプログラマーやデザイナーも何人か入れ替わっている。

しかし、問題はそんなことではなかった。紅の頭に一番に浮かんだのは、今住んでいるマンションからの通勤が困難ということだった。林田についていくとなると、新しく住む場所を探さなければならない。

つまり、弟たちと三人で暮らすあのマンションから出なければならないのだ。

いずれはと思っていたが、こうも早くそのチャンスが来ると躊躇《ちゅうちょ》してしまう。

「独立したばかりの俺のところに転職するのは、心許無《こころもとな》いか？」

「いえ、そんなことはないです」

「じゃあ、弟たちと離れて暮らすのが嫌なのか？」

「え……？」

心の中を読まれたかのような言葉に、言葉を失った。何も言えず、林田の顔を見たまま固まっていると、苦笑される。

わかりやすい反応をしたことが、少し恥ずかしい。

「そんな顔するなよ。別に責めてるわけじゃないんだし。ただ、お前が迷う理由はそっちなんじゃないかって気がしてな」

「はは」

紅は思わず耳の後ろを掻《か》いた。

「お前、相当のブラコンだよな。弟たちもだけど。まぁ、兄弟仲がいいのは悪いことじゃない。俺なんか兄貴とは一年に一回電話で話せばいいほうだし。でもな、お前、これからどうするつもりなんだ？」

「どうするって……」

「お前、ずっと弟たちの面倒見てるんだろう。いつも弟たちのことを考えて自分を犠牲にしてたよな。そろそろ弟離れする時期なんじゃないのか？」

弟離れ――その言葉が、胸に突き刺さった。

自分を犠牲にしてきたつもりはまったくない。確かに弟たちと暮らすために努力はしたが、それは紅が望んだことだ。自分の家族を護ることは、自分を護るのと同じことなのだ。

だが、三十を前にしてもなお、弟たちとべったりしているのはやはり不自然なのだろう。

先日の十七回忌でも、叔父にこれからどうするのか聞かれた。あれ以来、この問題はずっと心の隅に居座っている。

「弟たちのために生きる人生は、もうそろそろ終わっていいんじゃないか？」

「でも……あいつらのために自分を犠牲にしたつもりは……」

「弟たちはそう思ってないかもしれないぞ。お前が入社してきた時、俺の目にはお前が必死で弟たちを護ろうとしてるように見えた。弟たちのために何かを我慢したことがなかったとは言わせないぞ」

確かに林田の言うとおりだった。

両親が他界し、半年振りに会う篤志と悦司が、紅と二人きりになるなり『三人で暮らしたい』と涙ながらに訴えてきたあの時から、紅は常に兄弟三人で一緒にいることだけを考えてきた。ちゃんと責任を持った行動ができるところを見せるために品行方正にし、三人暮らしが実現してからも大人たちの信用を得るために努力してきた。

　専門学校を出てこの会社に入社してからも、二人を大学に行かせるために働いてきた。女性とのつき合いがあまり長く続かなかった原因の一つに、いつも弟たちのことを優先するからだと言われたこともある。

　けれども、みんなもう大人だ。紅が弟たちを護る必要はないのだ。子供の頃のように、兄弟三人肩を寄せていたいと思っているとも限らない。

　いつまでも子供の時のままというわけにはいかないのだ。

　そして林田の言うとおり、弟たちが自分へ恩返ししたいのは、紅がいろんなものを犠牲にしてきたそのお詫びの気持ちもあるからだとわかる。

　そんなことは望んでない。

　弟たちには、好きな相手を見つけて結婚して幸せになって欲しい。早く両親を亡くして苦労したぶん、温かい家庭を手に入れて欲しい。

　そう思っていたはずなのに、三人での生活があまりにも心地よかったから、つい現実から目を逸《そ》らしていた。

　今、突き放す時期かもしれない。

　ずっと親代わりだったが、そろそろその役目を降りることが二人のためになるのだ。

「そうですね。確かにそうかも」

「お前は頑張ってきたよ。俺でもわかるんだから、弟たちはもっと感じてるんじゃないのか？

お前から巣立ちたくても、弟たちからは言いにくいかもしれない」

「弟離れするのが、あいつらのためなんですよね」

「お前についてきて欲しい俺からすると、そうだと言いたいんだがな」

正直に言う林田に、口許《くちもと》を緩めた。

林田は、自分の利益のためにデタラメを言うような男ではない。この男の目には、真田兄弟の姿は、本当にそう見えているのだろう。

そして、今こそ決断しなければと思う。

「少し考えさせてください」

「もちろんだ。いい返事待ってるぞ」

林田はそう言ってタバコを消し、紅の肩を叩《たた》いてオフィスに戻っていった。一人になると窓の外に目を遣り、眼下に広がる日常の風景を眺める。

いつもと変わらないように見えるが、毎日違う風景を見ているのだ。一日として同じものはなく、日々変化している。

それは自分たちにも言えることで、変化するのが自然なのだと自分に言い聞かせた。

変化すべきなのだと。

「弟離れ、か……」

弟たちの巣立ちは嬉《うれ》しいことのはずなのに、紅はなぜか憂鬱《ゆううつ》な気分になっていることに気づかされるのだった。

林田から引き抜きの話を聞かされてからというもの、紅はぼんやりと考えることが多くなった。

自宅で仕事をしていても、いつの間にか手が止まっている。目はパソコンの画面を見ているのに、何も映っていないのだ。仕事の締切があるためなんとか集中力を取り戻そうとしているが、あまり効果はなかった。

このままでは納品日に間に合わないと思い、その日は思いきって仕事を放り出し、気分転換に街に出ていた。気が向くまま街の中を歩き、昼頃になるとカフェに入って窓際の席に座り、コーヒーを飲みながら何もしない時間を過ごす。

(俺、どうしてこんなに迷ってるんだろうな)

二人の弟たちは、いつも『兄貴、兄貴』と自分を慕っているが、実は自分のほうが弟たちに精神的に依存しているんじゃないかと思い始めていた。林田に忠告されるまで、気づかなかった。

寂しいが、今離れなければ弟たちから離れられなくなりそうだ。

「はぁ」

無意識にため息を漏らし、空になったコーヒーカップを眺める。まだ家に帰る気になれず、もう一杯注文しようとして店員を探していると、携帯が鳴った。

電話は悦司からだ。

「悦司？　どうした？」

『今どこ？　家にかけたけどいなかったから』

「えー……っとね」

店の場所を言うと、嬉しそうな声が返ってくる。

『じゃあさ、俺と一緒に昼食どう？　今近くにいるんだ』

「そうなのか？」

聞くと、紅のいるところから電車で一駅隣にいるという。十五分もあれば駆けつけることができると言われ、コーヒーのお替わりは止《や》めにして悦司が来るのを待った。

弟離れについて考えていた最中にもかかわらず、嬉しそうに来ると言って電話を切った悦司の声に、紅も知らず笑みが漏れている。

悦司が若い女性の視線を集めながら店の中に入ってきたのは、電話があってから十分後のことだった。

「ごめん、兄貴。待った？」

「いや、思ったより早かったな」

こうして外で会うと、改めて悦司が男前だということを実感する。

近くの席に座っている若い女性の二人組が、悦司をチラチラ見ているのがわかった。ひそひそと声を殺して話しているが、内容は聞こえないまでも声の抑揚などから、どんなことを話しているかなんて大体想像できる。

実の兄から見ても惚《ほ》れ惚れする姿なのだ。若い女性が浮き足立つのも当然だと自慢に思った。

「仕事抜け出してよかったのか？」

「ああ。どうせ食べなきゃならないし、兄貴が近くに居てくれてよかったよ」

店員を呼び、二種類あるランチメニューの中から別々のものを注文する。

悦司が魚メインで紅は肉だ。

メニューを閉じると悦司は頬杖《ほおづえ》をついて、紅に優しげな視線を注いでくる。

「兄貴って、こういう場所似合うな」

「え、そうか？」

「兄貴は美人だから……一人で座ってる姿、目立ってたよ」

恥ずかしげもなく絶賛され、日本人の感覚じゃないと呆《あき》れた。

「注目を浴びてるのはお前のほうだろ。ブリーフケース持って颯爽《さっそう》と歩いてるなんて、絵になってたぞ」

「兄貴は自分のことわかってないんだよ。それより兄貴。今日はなんの日か覚えてる？」

「え？」

「やっぱり忘れてた？」

悦司は銀縁のメガネを中指で押し上げ、クスリと笑ってから椅子の下に置いていたブリーフケースを膝《ひざ》の上に置いた。そしてその中からリボンのついた包みを出してテーブルの上に出して見せる。

「兄貴。誕生日おめでとう」

「あ……」

「誕生日プレゼント。開けてみてくれ」

「プレゼントって」

「いいから。ほら」

男が男にプレゼントを渡しているなんて妙な誤解をされそうで、思わず躊躇した。しかも、悦司はただ座っているだけでも注目されるほどの色男なのだ。恥ずかしくてたまらない。

「お前、せめてうちに帰ってからでも……」

「ほら、早く」

優しく促す悦司に負けて、包みに手を伸ばした。注がれる大人びた視線に、鼓動が少しだけ

速くなる。兄に対してそんな目をするなと言いたいが、口にするともっと恥ずかしくなりそうな気がして、喉《のど》まで出かかった言葉をぐっと堪《こら》えた。

周りの女性たちの視線が気になりながらも、リボンを解いて包みを開ける。

中から出てきたのは、ずっと前から欲しかった時計だった。高くて手が出ず、時々インターネットで商品の写真を眺めていた。

「お前、こんな高いもの……」

悦司を見ると、さも嬉しそうに目を細めて笑っている。

「兄貴が喜ぶならいいんだよ。欲しかったんだろう？」

「そりゃ欲しかったけど」

「だったら俺も嬉しい。だから、貰《もら》ってくれよ。俺の贅沢《ぜいたく》って、兄貴を甘やかすことなんだから。ずっと俺たちのために頑張ってきた兄貴には、もっと我がまま言ってもらいたいくらいだよ」

実の兄ですらうっかりときめいてしまうような優しげな視線に、言葉が出ない。いつの間にそういう目をするようになったんだ……、と軽い男の嫉妬《しっと》心を抱きながらも、同時に照れ臭いような嬉しいような気持ちが胸をいっぱいにする。

そして、ここは素直に貰っておくべきだろうと礼を言った。

「ありがとうな。大事に使うよ」

紅は、貰った時計を腕に装着した。ずっと欲しかったものだけに、美しいデザインは眺めているだけでも惚れ惚れする。

「お待たせしました。ポークソテーセットのお客様」

「あ、はい」

紅が手を挙げると、目の前には名前から想像していたものよりずっとお洒落《しゃれ》なプレートが置かれた。

ソテーにはバルサミコ酢を使ったソースがかかっており、プレート全体をキャンバスにして描かれている。添えてある野菜も色とりどりで、バーニャカウダソースが入った小さなココットが添えられてあった。ランチということもあり値段は安いが、ボリュームは十分にある。

また、悦司が注文したプレートは白身魚と海老《えび》のフライに特製の手作りタルタルソースが載っていて、こちらも美味しそうだ。カップに入ったスープはトマト風味で、野菜がたっぷりと入っている。

「あ、旨《うま》い。兄貴、いい店知ってるんだな」

「会社の女の子から教えてもらったんだよ。俺もここに来たの今日が初めてなんだ」

悦司が海老フライにナイフを入れると、カリカリに仕上がった衣のいい音がした。皿を寄せ、お互いのメイン料理を少しずつ味見する。

「なぁ、悦司。夜はどうする？」

「篤志がどこか予約してるって言ってたけど、聞いてない？」

「え。知らない」

「ったく、店が決まったら兄貴に話しておけって言ったのに。他で約束してたらどうするんだよ」

呆れたように言う悦司だが、篤志はいつもこんなだ。他人の予定などお構いなしで、自分の思うまま行動するところがあり、女性をエスコートするような心くばりをする悦司とは正反対だった。それでよく悦司に忠告されているのだが、篤志くらい強引だと振り回されるのが逆に心地よくもあるから不思議だ。

「今夜大丈夫？　兄貴の仕事、そこまで切羽詰まってないよね？」

「まぁ、外食くらいいいけど」

「よかった。俺は職場から直接行くからさ、兄貴は篤志と一緒に来てくれ」

「わかった。店どこ予約してるんだろうな。楽しみになってきた」

悦司との食事の時間は、いいリラックスになった。

パソコンに向かっている時間が長いせいか、こうして誰かと会話をすることが刺激になる。もし独り暮らしだったら、半在宅の自分は一日誰とも口をきかないで終わるなんてこともあるんだろうと思うと、弟たちの存在をありがたいと思った。

悦司との時間を十分に堪能し、最後にコーヒーを注文してから店を出ることにする。

「じゃあ、また夜」

「ああ。仕事頑張れよ」

「兄貴も」

ブリーフケースを手に歩いていく悦司を見送り、紅は自宅へと向かった。帰りに花屋に立ち寄り、カーネーションを二本買う。母が好きだった花だ。

「ただいまー」

家に帰ると家の中に向かって言い、悦司からのプレゼントを両親の写真の前に掲げてみせた。そして、買ってきた花を写真立ての横に飾る。

「ほら。これ悦司に貰った。誕生日プレゼントだって」

飾ってある写真の二人は、「よかったね」と言っているように見えた。兄弟仲良く暮らしている息子たちを見て、安心しているようだ。

気分転換したからなのか、午後は集中することができて仕事は一気に進んだ。


「ただいまー」

篤志が帰ってきたのは、午後六時半を少し過ぎた頃だった。仕事が一段落してベッドに横になっていた紅は、寝ぼけ眼でドアのほうに目を遣る。

いつもは一度自分の部屋に行く足音が、一直線に紅の部屋へと向かってくるのだ。慌てた様子にどうしたのかと起き上がると、ドアが開いて篤志が部屋の中を覗《のぞ》き込む。

「兄貴、いる?」

「おかえり。早かったな」

「なぁ、ちょっと来てくれよ」

「昼に悦司と飯喰《く》った時、予約は八時って言ってたぞ。まだ一時間半くらい……」

「いいから、ほら。上着持ってさ!」

腕を摑《つか》まれて外に連れ出されそうになり、紅は慌てて上着を手に取った。なんの前触れもなくこういうことをするのはいつものことだが、今日はいつにも増して強引だ。戸惑う紅をよそに嬉しそうに笑いながら家を出る。

「兄貴にプレゼントがあるんだ」

「プレゼントってなんだよ」

「見りゃわかるって。このために仕事調整したんだから」

駐車場につくと、篤志は停《と》めてあるバイクに跨《また》がって紅にヘルメットを投げて渡した。思わず受け取り、仕方なくそれを被《かぶ》る。

「ほら。兄貴も乗れよ」

言われたとおりタンデムに跨り、篤志の腰に抱きついた。そうしていると、スタイルのよさがわかる。肩は広いが腰の回りは細くて、抱きついていて心地いい。エンジンを吹かすと、その振動が躰に伝わってきた。車とは違う高揚感。バイクの免許は持っていないが、篤志が車ではなくバイクを好む気持ちもよくわかる。

「なぁ！　どこ行くんだ！」

「それはお楽しみ！」

あくまでも目的地を言わない篤志に諦《あきら》めて、黙って運ばれることにした。バイクが発進するのと同時に、腰に回した腕にいっそう力を籠《こ》める。大型のバイクは走りも安定しており、後ろに跨っていても十分に風を感じられ、暗くなった街の中を走る爽快《そうかい》感に身を任せた。

バイクは渋滞した車の間をすり抜けていき、ぐんぐんスピードを上げる。

四十分ほど走っただろうか。バイクは徐々にスピードを落としていき、海沿いのデートスポットに到着した。夜景が美しく、恋人たちが肩を並べて歩いている。

「急いで！」

駐車場にバイクを停めると、篤志に急《せ》かされてヘルメットを脱ぎながら河口のほうへと向かった。そんなに急がなくても夜景は逃げないのにと思うが、何かあるのか紅の手首を掴んでぐんぐん引っ張っていく。

広場になっている場所まで来てからと、篤志はようやく足を止めた。

「何するつもりだよ？」

「いいから。もうすぐだから、待って」

しっ、と人差し指を唇に当てる篤志を見て、心臓がトクンと鳴った。弟相手にときめくなよと自分に突っ込みを入れたくなるが、モデルをしているだけあり、こういう仕草がよく似合う。今の瞬間を切り抜いただけで、雑誌の表紙にだってできるだろう。

弟ながらに羨《うらや》ましく思い、篤志の視線の先を見る。

「始まるよ」

篤志が言うなり川の向こう岸でバチバチと音がし、いきなり明るくなった。

『兄貴、誕生日おめでとう！　ｂｙ　あつし』

その文字が闇《やみ》に浮かぶなり、小さな光が地上から上がり、ドン、という音とともに夜空に大きな花火が上がった。

わぁ、と周りから小さな驚きの声が上がる。

仕掛け花火のメッセージと、そのはるか上空を飾る儚《はかな》い命の花。予想だにしていなかったことに、紅はポカンと口を開けたまま空を見ていた。さらに小さめの花火がいくつか上がり、最後にもう一度大きめの花火が上がる。

「な、すげぇだろ？」

驚くあまり、篤志の声にすぐには反応できなかった。

「もしかして……お前の仕業?」

「へへ」

少し自慢げに笑う篤志を見て、これが弟のすることかと呆気に取られた。クリスマスなどにこういったサプライズイベントをしてくれるところがあるとは聞いたことがあるが、まさか篤志がこんなことを仕掛けているとは思っていなかった。

「すごいけど……お前、兄貴にこれはないだろう。花火って一発いくらするんだよ」

思わず言うと所帯じみた台詞《せりふ》がおかしかったのか、篤志は悪戯《いたずら》っぽく笑ってみせる。

「兄貴のために俺がやりたかったんだよ。駄目?」

「駄目じゃないけどさ、普通こういうのは彼女にするもんじゃないのか?」

「好きな人なら、兄貴でもしていいだろ」

弟が兄貴に対してすることじゃないと思うが、その気持ちは嬉しかった。

悦司は紅の欲しいものをリサーチしてプレゼントし、篤志は自分がしたいと思ったことをする。同じ顔をした二人の弟たちだが、こういうところにも個性が出ていて、兄でなければ見ることのできなかった二人の一面なのだろうと思う。

「打ち上げ花火は一瞬だけどな。仕掛け花火のほうは十分くらいはもつんだって」

「十分も曝されるのか。ちょっと恥ずかしいぞ」

口ではそう言うが、実のところみんなに見せて回りたい気分だった。俺の弟が俺のためにしてくれたんだぞと、自慢したくなるのだ。

「な、教えろよ。これやるのにいくらかかるんだよ?」

「だからナイショ～」

大成功とばかりに笑う篤志の横顔を見た。仕掛け花火の明りに照らされた横顔は大人っぽくて、いつの間にこんなにイイ男に成長したのだろうと思う。

もう自分が傍《そば》にいなくても、十分にやっていけるのだ。親戚《しんせき》の家で、お兄ちゃんと暮らしたいと泣きじゃくっていたのは、ずっと昔のことだ。

「お前、本当に大人になったんだな」

「え?」

「あ、いや……なんでも」

首を振り、もう一度仕掛け花火を見上げた。

『兄貴、誕生日おめでとう!　by　あつし』

何度見てもベタなサプライズに、肩を震わせて笑う。通りがかりの若い女性二人組のほうから、「何あれ～」と笑い声が聞こえてきた。

記憶に刻んでおくだけでは足りなくて、紅は彼女たちを呼び止め、仕掛け花火を背景に篤志とのツーショット写真を撮ってくれと頼んだ。二人はメッセージの依頼主が篤志だとわかると、これまでとは違う反応をしてみせる。

イイ男がブラコンだというのは、プラスのイメージになるようだ。彼女たちは「お兄さん、お誕生日おめでとうございま～す」と声を揃《そろ》えて言い、シャッターを切る。

写真を撮ってもらったあと、立ち去る彼女たちの背中を見ながら、篤志が得意げに耳打ちしてくる。

「な。あれ、兄貴のこと気に入ってたよな。目からハート出しまくってた」

「馬鹿。お前のほうだろ？」

「絶対兄貴だよ。兄貴に笑顔を向けられてときめかない女はいねぇよ」

どうしてそこまで絶賛できるのかと呆れ、ふと時計を見た。悦司が待っているレストランまでの時間を計算すると、今から向かわないといけない時間だ。

「あ、もう行かないと、レストランの予約時間に間に合わない」

「兄貴、急ごう！」

バイクを停めてある場所まで走っていくと、再びバイクに跨り、予約しているレストランへと向かった。篤志のセレクトはさすがで、数年前まで有名ホテルで腕を振るっていたオーナーシェフのレストランは、外観がすばらしく、由緒ある洋館というイメージだった。

アンティークな仕上げの白壁で囲まれた敷地は、入り口が重厚な一枚の鉄の門扉で仕切られていて、両側の外灯も雰囲気がある。いざ中に入ると、蔓《つる》バラや木立ちバラが客を迎えるイングリッシュガーデンになっており、間接照明がより雰囲気を出していた。

建物まで伸びるアンティークレンガの道は歩いているだけでも気分がよく、その両側にはカラーリーフや天使のオブジェが飾られてある。

敷地に入るなり、まるでヨーロッパに旅行に来たような気分になった。

「いらっしゃいませ。ご予約のお客様でしょうか」

二人を迎えたギャルソンは、慇懃《いんぎん》な態度で頭を下げた。名前を言い、席に案内してもらうと悦司はすでに来ている。雰囲気のある店内でひときわ目立つエリートは、中央よりの丸いテーブルにつき、テーブルの下でスマートフォンをチェックしている。

おそらく電子版の新聞でも読んでいるのだろう。

二人に気づくと、スーツの内ポケットにスマートフォンをしまった。

「五分遅刻だ。どうせ二人で寄り道していたんだろう？　ずるいぞ」

「お前だって昼間に兄貴と飯喰ったくせに」

席に着くとさっそくワインリストが手渡される。

篤志はバイクのためペリエを注文したが、紅と悦司はイタリア産の赤を選んだ。周りは品のいい年配の夫婦の姿が多く、若い人が集まる人気店というより、由緒ある高級レストランといった雰囲気だ。紅のテーブルはスーツを着ているのは悦司だけで、他の客の目にはどう映っているのだろうと思う。

けれども、悦司はもちろんのこと、ジーンズと長袖のシャツというラフな格好の篤志も素材がいいためこの店の雰囲気に馴染《なじ》んでいた。着ているものはラフでも、極上の男は見劣りするどころか、より素材のよさが際立っている。

「じゃあ、兄貴。誕生日おめでとう」

ワインが運ばれてくるとグラスを少し掲げて乾杯をした。口に広がる赤はワイルドで、広大な大地とイタリアの太陽を感じさせる。

「こんな立派な店なら、俺もスーツくらい着てくればよかったな」

「兄貴は美人だから、そのままでも十分だよ」

「そうそう。俺なんかジーンズだし、兄貴は座ってるだけで絵になるんだから、細かいことは気にすんなよ」

極上の男たちに声を揃えて絶賛され、紅は苦笑いをせずにはいられなかった。どうしてこうも二人の弟は自分をベタベタに甘やかそうとするのだろうかと思う。

「な、篤志。お前、兄貴とどこ行ってたんだ?」

「ナイショ。悦司こそ、昼間に兄貴と会って何したんだ?　どうせキザにプレゼントなんか渡したんだろ。俺のいない時にずるいな」

「俺はお前と違ってちゃんと下調べして兄貴が喜ぶものを買ったからな」

篤志と悦司に誕生日を祝ってもらいながら、紅はこれ以上ない幸せを感じていた。

両親は早くに亡くしたが、二人の弟のおかげで寂しいと感じることはなかったし、家族の愛情をたっぷりと注ぎ、注がれた。

プレゼントもサプライズイベントも嬉しい。弟たちにこんなに愛される兄なんて、そういないと思う。

けれども、こんなことはずっと続くわけではないのだ。二人には、両親を亡くして苦労したぶん幸せな家庭を築いて欲しい。

仲のいい二人の弟を眺めながら、紅はある思いを固めていた。

(林田さんの誘い、受けるべきなんだよな)

きっかけがなければ、この生活を手放せない気がした。自分はそれでいいが、弟たちはそうではないだろう。いつまでも自分に縛りつけておくのは罪だと思えてくる。

本当に愛する家族なら、今行動に移さなければならない。

デザートが運ばれてくるころになるとその思いは強くなっていた。赤ワインの温かいソースが掛かった洋ナシのジェラートをスプーンで掬《すく》いながら、心を決める。

職人の技が生かされた美しいデザートは、甘酸っぱい味がした。

「そうか、決心してくれたか」

林田に誘いを受けると返事をしたのは、篤志と悦司に誕生日を祝ってもらった翌々日のことだった。一日の仕事を終え、他の社員はほとんど帰っていてオフィスはガラガラだ。

林田は紅が返事をするつもりなのがわかっていたようで、机の上を片づけたあとすぐに帰らず、荷物はそのままに喫煙所へと一人向かった。

それを追いかけた紅を待っていたとばかりに、いつもの場所でタバコを吸っていた林田に自分の決意を伝える。

「はい、林田さんについていこうと思います」

「よく決心してくれたな。本当にありがとう」

手を差し出され、握手を交わす。お祝いだと言って缶コーヒーを買って渡され、ありがたく貰った。甘ったるいコーヒーは、一日の仕事を終えたばかりの紅にはありがたい。

「これでようやく本格的な準備にかかれる。弟たちはなんて？」

紅はすぐには応《こた》えなかった。

実は、篤志と悦司にはまだ伝えていない。林田に返事をする前に言おうかとも思ったが、なかなかきっかけが摑めずにここまできてしまったのだ。このままではずるずると返事を延ばしてしまいそうで、二人に話す前に決めてしまったというわけだ。

返事をしてしまえば、後戻りはできない。

紅の反応からそれがわかったようで、林田はニヤリと笑う。

「さては、言ってないな」

「まぁ、これから言いますよ」

見透かされていることに苦笑いをし、足元に視線を落とした。

「大丈夫か？　無理してるんじゃないか？」

「いえ、そんなことはないです。未熟ですけど、お力になれるようがんばりますので、よろしくお願いします」

立ち上がってきちんと頭を下げると、林田は慌てた様子でやめてくれと手を振ってみせる。

「おいおい、そんな改まって言うなよ。俺は俺の利益のためにお前を誘ったんだから」

「いや、でも林田さんの言うとおりです。今弟離れしないと、この先なかなか自分を変えられないような気がして……。実は俺、先週誕生日だったんです」

林田は「はは～ん」と言って何度も頷《うなず》いた。紅の家の事情は知っているし、特に入社したばかりの頃は、弟たちのために早く一人前にならなければと気負っていた時期もあったため、紅の気持ちはなんとなくわかっているのだろう。

「固い決意で俺についてきてくれるんなら、心強いよ。よろしくな」

「はい」

軽く背中を叩かれ、オフィスに戻る林田を見送った。その姿が見えなくなっても、しばらく佇《たたず》んだまま微動だにしない。

（とうとう言っちゃったな）

軽くため息をついた紅は、いつまでもこうしているわけにはいかないと、エレベーターで地下まで降りるとビルの駐輪場に停めていた自転車に跨った。すっかり遅くなってしまったため、急いで自宅へ戻る。

頬に当たる風は心地いいが、気分はなぜか爽快とはいかない。マンションが見えてくると、気分が重くなっていることに気がつく。

部屋の明かりがついているのを確認し、自転車を駐輪場に停めたあと決心が鈍らないうちにと急いで部屋に向かう。

「ただいま〜」

篤志も悦司も帰っていたらしく、玄関には二人の靴が並んでいた。悦司はリビングから、篤志は自分の部屋から顔を覗かせる。

「お帰り、兄貴」

「お帰り〜」

「二人とも帰ってたのか」

自分の部屋に荷物を置いた紅は、冷蔵庫の中から水出しのグリーンティを出してコップに注いだ。鮮やかな色をしたそれは見た目も爽《さわ》やかで、自転車で軽く汗を掻いて帰ってきた紅の喉を心地よく潤してくれる。

「兄貴、夕飯は？」

「会社で食べた。お前らは？」

「俺も篤志も外で済ませてるよ」

「そうか」

それなら今から話ができると思い、同時に引き延ばしたがっている自分に気づいた。いい加減観念しろと自分に言い聞かせていると、それに気づいたのかリビングでニュースを観ていた悦司が大人びた目で聞いてくる。

「どうしたんだ、兄貴。ぼんやりして。仕事疲れた？」

「あ、いや……別に」

包み込むような目をする悦司を見て、この生活を手放したくないという気持ちがあることを思い知らされた。けれども、それでは駄目なのだ。

「二人に話があるんだ。ちょっといいか？」

「何、改まって」

「大事な話なんだ。篤志、ちょっと話があるんだけどいいか？」

篤志もすぐに部屋から出てきて、悦司の隣に座った。すでに風呂《ふろ》にも入っているようで、上下スウェット姿でリラックスしている。

「どうしたんだよ?」

「仕事のことなんだけど」

コップを置いて二人の前に腰掛けた紅は、サラリと切り出すべきだったかと後悔した。こんなふうに注目されると言い出しにくい。

「何かトラブルでもあった?」

「その……会社辞めようと思ってさ」

二人は少し驚いた顔をしてみせたが、紅が何を考えているのかまだ気づいていない。

「そうなんだ。プログラマーとかウェブデザイナーって転職多いんだっけ? 兄貴ならいくらでも仕事先見つかるだろう?」

「ま。兄貴が無職でも俺が喰わしてやるから安心しろ」

ふざけた口調で言う篤志に、思わず口許を緩める。

「違うよ。もう次の仕事は見つかってるんだ。林田さん知ってるだろ?」

「兄貴が入社してずっと世話になってる人だろう? 確か、俺たちも何度か会ってる」

「あー、あのちょっと熊っぽい感じの人だろ? 俺あの人結構好きだな」

「林田さんが独立するんだけど、誘われたんだよ。でも、新しい事務所はここからじゃ通えないから、新しいマンション探さないと……」

「えっ、引き抜きってこと？　兄貴すげーじゃん」

「じゃあ、三人で暮らせるマンションを探さないとな」

悦司は楽しみだというように、ソファーの背凭《せもた》れに腕をかけた。

「家賃高くていいからさー、今度はもうちょっと広いところにしねぇ？」

「篤志も随分稼げるようになったし、俺だっているし。いっそのこと兄貴のために家建ててもいいんだけど」

「いいねー。俺も兄貴に家建ててやりたい」

仲のいい二人は、次に住むところについて盛り上がり始めた。悦司は比較的冷静に、けれども楽しみだという気持ちを滲《にじ》ませながら、そして篤志はダイレクトに感情を表現する。

遠足の前の晩にも、よくこういう風景を見た。お菓子を並べて翌日のことについて話すのだ。ベッドの上でいつまでも夜更かしする二人に早く寝るように言うのは、紅の役目だった。

両親がまだ生きていた頃の話だ。

昔からちっとも変わらない二人を見て、懐かしさに口許を緩ませながら自分の決意を口にする。

「引越しは俺一人でするつもりなんだ。そろそろお前たちと離れて、一人で暮らそうかと思ってる」

予想もしていなかったようで、二人は驚いた顔で紅に注目した。そんな顔で見られると、言葉がすぐに出ない。ようやくついた決心が、揺らぎそうになる。

「なんで？　俺らと一緒に暮らすの、嫌になったのかよ？」

先に言葉を発したのは、篤志だった。

テーブルに両手をついて身を乗り出し、真剣な目で問いつめてくる。悦司は言葉を発することなく黙っているが、篤志と同じ疑問に対する答えを待っているのはわかった。静かに待っているが、その目には篤志と同じ熱気を感じる。

まるで裏切られたと言われている気分だった。

なんの相談もなく、これまで続いてきた三人暮らしを一方的に解消しようというのだ。もしかしたら、決める前に相談すべきだったのかもしれない。

しかし、相談なんかしたらそれこそ決めきれないと思ったのだ。篤志と悦司からこのままでいいと説得されていたら、すぐに思い直しただろう。

今ですら、気持ちはぐらついているのだ。林田に返事をしたあとで、決めたことをそう簡単に撤回できないというブレーキがかろうじて効いているだけだ。

「嫌になるわけないだろう。お前たちと一緒の生活は楽しいよ」

「だったら……っ」

「でも、このまま三人でずっと暮らすわけにはいかないだろ。お前らだって、ずっと俺と暮らすつもりか？　一生男三人で暮らすのか？　いずれ結婚したりするだろう？」

「俺は結婚なんて興味ねぇもん。女にも興味ねぇし」

「それはお前が今、仕事を一番大事にしてるからだろ」

「俺が一番大事にしてるのは兄貴だ」

責めるような篤志の視線に、言葉が途切れた。

こんなに反論されるとは思っておらず、どう言えば納得してくれるのかとため息をつく。

一番大事にしているのは兄貴——嬉しい言葉だが、それではいけないのだ。両親を一度に亡くしてしまった兄弟だからこそ強い絆《きずな》で結びついていなければならなかったが、独り立ちする時期が来ている。

誰もが、巣立ちをしなければならない。

この心地いい幸せに身を委《ゆだ》ねていたら、紅のほうが手放せなくなりそうだ。二人にいい女性《ひと》ができた時、心から祝福できない兄ではいたくなかった。

独り残されるのは嫌だと、弟の幸せを恨めしく思うような男なんて最低だ。

「兄貴。もしかして、好きな女ができたんじゃねぇの？」

「まさか」

「じゃあこのままでいいだろ。今別々にならなくても……」

「でも、決めたんだ」

「決めたって」

さらに反論しようとする篤志だが、悦司が篤志を手で制した。

これまでほとんど反論らしい反論をしなかった悦司だが、紅に注がれる真剣な目に言葉で責められる以上のものを感じずにはいられない。

「兄貴、本当にそうしたいのか?」

真っ直ぐな視線が痛かった。息が苦しくなる。

「ああ、本当にそうしたいんだよ」

「どうして急に?」

「急にじゃない。ずっと前から思ってたんだ。ずるずるここまで来たけど、もともと俺が親の代わりにお前らの面倒を見るのは、お前たちが就職するまでだって思ってたから」

嘘だった。

叔父からこれからのことを聞かれるまで、深く考えたことはなかった。なんとなく、ずっとこのままいるような気になっていた。それは、自分がそうしたかったからなのかもしれない。二人の弟に『兄貴、兄貴』と懐かれながら、兄弟三人でいる心地よさにずっと浸っていたい気持ちがあるのは確かだ。

「一応確かめておくけど、それは兄貴の本心? 本当に兄貴がそうしたいと思ってるんだよな?」

「おい、悦司っ」

篤志が慌てて言うが、悦司はそれを無視する。

「兄貴が望んでることだと思っていいんだね？」

「ああ。そうだ」

その言葉に、悦司は深いため息をついた。そして納得するように何度か頷くと、気持ちは決まったとばかりにはっきりした口調で言う。

「じゃあ、俺は反論しない」

「なんだよ悦司。お前聞き分けのいいこと言いやがって、何大人ぶってやがるんだよ！」

「俺は、兄貴の意志を尊重したいだけだ。お前、自分の気持ちを押しつけるばかりじゃないか」

「……っ」

篤志から言葉が消えた。

悔しそうに唇を噛《か》んで顔をしかめる篤志を慰めるように肩を叩いたあと、悦司は軽く深呼吸してからソファーの背凭れからゆっくりと躰を離す。そして口の前で手を組んでから、親指同士を擦り合わせながら慎重に言葉を紡いだ。

「そうだよな。兄貴も長いこと俺らのために親代わりになってくれたんだもんな。今は兄貴がしたいようにさせてやるのが、俺らの恩返しだ。そう思うだろう、篤志？」

「そりゃそうだけど……」

まだ不満を隠せない篤志に苦笑いした悦司は、大人びた目で紅を見た。

「俺は兄貴が本当にそうしたいなら、いいよ。反対しない。別々に暮らしたって兄貴は兄貴だし、俺らは家族なんだ。でも、忘れないでくれ。俺が一番好きなのは兄貴だよ」

言ってから、肘で篤志をつついてみせる。

その表情からまだ完全に納得していないとわかるが、篤志ももう子供ではなかった。

「わかったよ。でも、俺も兄貴のことが一番大事だから、もし寂しくなったら、いつでもまた三人暮らしに戻っていいんだからな。俺、すぐに兄貴んとこに越してくるから」

二人が自分を想ってくれていることが、痛いほど伝わってきた。嬉しくて、ありがたくて、自分が一番大事なのは二人なのだと強く思う。

けれども、だからこそ弟離れする時なのだと決意を固くした。

3

林田《はやしだ》についていくと決めてからは、時間はあっという間に過ぎていった。

会社に退職する旨を告げ、引き継ぎの準備に入る。林田は一足先に退職し、送別会は同時に済ませてもらった。

引越しなどもあるため、林田の会社へ初出勤する二週間前に退職する予定になっていたが、物件探しは仕事をしながらだ。仕事帰りには不動産屋に立ち寄り、家にいる時はインターネットで物件を見る毎日を送った。

一人ならそう広いところでなくてもいい。むしろ、狭いほうがよかった。広いと寂しくなりそうで、ワンルームの部屋を探し、いくつか絞り込んだ物件を実際に何度か見にいく。

決まったのは五件目で、今日は不動産屋まで出向いて本契約を結んできたところだった。

帰りに最後の挨拶《あいさつ》をしに、会社に立ち寄ることにする。

「お疲れ様です」

「あ。真田《さなだ》君、お疲れ様」

仕事の邪魔をするつもりはなかったが、紅《こう》が姿を見せると在社していた社員たちは仕事を中断して集まってきた。飲み物を片手に紅を取り囲み、話しかけてくる。

「早いな。今日で終わりか」

「はい。なんだかあっという間で」

もうここの社員じゃないことに、みんなも少し名残惜《なごり》しさを感じてくれているのだろう。独立する林田のことや新しい会社のことなど、質問攻めにされる。

「新しいオフィスはもう見た？　どんなところ？」

「ここより随分狭くなりますけど、使い勝手はよさそうです」

「林田さんだからなぁ。準備もしっかりしてそうですよね」

「真田君がいなくなると寂しいよ。週に一、二回でも定期的に顔を出してたからな。これからは違う会社の社員なのか～」

「若い男がいなくなると寂しいわ」

「おじさんで悪かったたな。で？　住むところは見つかったのか？」

「はい。さっき契約してきたところです」

紅が決めたのは、築十五年の単身用マンションだった。そう広くはないが、一人で住むには十分で、近くにはコンビニや二十四時間営業のファミリーレストランがある。利便性はよく、共益費もそう高くないため十分にやっていけそうだ。

問題は初めての独り暮らしに早く馴染《なじ》めるかどうかだ。これまでは弟たちもいたためきちんとした生活を心がけていたが、自分一人になると食事の準備など億劫《おっくう》になってなし崩しにだらしなくなりそうな気もする。

「引越し準備は？　進んでる？」

「いえ。ちょこちょこやろうと思ってたんですけど、ほとんど進んでなくて。実はこれからです」

「ああ、それわかる。私もそうだもん」

話は尽きなかったが、いつまでも仕事の邪魔をするわけにもいかず、五分ほどで話を切り上げて社長に挨拶をし、私物を紙袋につめた。

最後はみんなに見送られ、会社をあとにする。長い間通ったが、もうここに来ることはないのかと思うと、少ししんみりする。篤《あつ》志《し》と悦《えつ》司《し》のために頑張ろうと意気込んで出社した初日のことが、昨日のことのように思い出された。

俺が二人を護る、なんて密《ひそ》かに心に誓った若かりし頃の自分――。

篤志も悦司も、護る必要がないくらい成長した。

(なんかあっという間だったな)

自転車を押しながら、歩道の真ん中に立ち止まって空を見上げた。

晴れ渡った空は、紅の新しい生活が実現に向けて着々と進んでいることを祝福しているようにも見えるが、あまりに澄んだ色に『そう急《せ》かすなよ』と言いたくなる。

自分で決めたことなのに、心の準備が整っていない。決心したはずなのに、気が進まない。

「今さら何考えてるんだよ」

独り呟《つぶや》いてため息をつき、しっかりしろと自分に言い聞かせる。

篤志はあれから少しの間、紅が出て行くことを不満に思っているところがあったが、今は納得してくれているようだ。残り少ない兄弟三人の生活を大事にしようと思っているようで、朝が苦手なはずなのに、早く起きて朝食の準備を手伝ってくれたり、夜に紅の部屋に来て過ごしたりすることもあった。

悦司も同じで、このところ兄弟で過ごす時間はより濃いものになっている。

「さ、帰って引越しの準備しないとな」

努めて明るく言い、紅は車道に出て自転車に跨《また》がった。甘えたことを言う自分を断ち切ろうと、風を切りながら家路を急ぐ。

自宅に戻ると、すぐに引越し準備に取りかかった。

少しずつしていたとはいえ、仕事をしながらだったためほとんど進んでいない。引越し業者から貰《もら》ったダンボール箱を組み立て、使わないものからどんどんつめ込んでいく。ついでにいらないものを仕分けして、ゴミ袋にまとめて入れた。あと二週間はあるが、心の整理をつけるために次々と片づけていく。

集中したおかげか、三時間後には随分と準備は進んでいた。

積み上がったダンボール箱を見て、この部屋への別れが近いことを痛感する。

いや、この部屋ではなく、篤志と悦司の兄弟三人での生活への別れだ。刻一刻と近づいてくるそれを強く感じながら、ベッドに腰を下ろして誕生日プレゼントとして悦司に買ってもらった時計を見る。

『兄貴、誕生日おめでとう』

カフェでこれを渡された時の悦司の大人びた表情を思い出し、なぜか胸が締めつけられるような感覚に襲われた。弟のくせに、いつの間にか紅の身長を追い越して、紅のことを気遣うほど大人になった。

ただ別々に暮らすだけで、これから一生会えなくなるわけではない。それなのに、このどうしようもない気持ちはなんなんだと思う。

さらに携帯を取り出し、データフォルダに入れていた篤志とのツーショット写真を見てみる。口許《くちもと》が自然に緩むのは、篤志らしいサプライズを思い出したからだ。

『いいから、ほら。上着持って！』

帰ってくるなり目的も告げられず、腕を摑《つか》まれて強引に外に連れ出された。躰《からだ》はすでに大人で兄である紅でさえも見惚《みと》れることがあるのに、一つのことに集中すると篤志は子供のようになる。兄だけに見せる表情だ。

そして、通りすがりの女性二人組に撮ってもらった時の気持ちを思い出す。

自慢だった。弟が自分のためにあんなベタなプレゼントをしてくれたのだと、誰彼構わず言って回りたい気分だ。それは、篤志が人気モデルだからではない。

篤志が何者であっても、自慢したくなる弟だからだ。

篤志と悦司、二人の弟がいたからこそ、ここまでやってこられたのだと思う。

『ごはんよー。帰ってきなさ～い』

窓の外で、母親が子供を呼ぶ声がした。日差しは随分と傾いており、部屋も薄暗くなっている。かろうじて夕日が差し込む部屋を見渡し、なんとも言えない気分になった。

一人でマンションにいることはめずらしくないというのに、なぜか静けさが身に染みて感じた。

立ち上がり、部屋のドアを開ける。

ドアは小さめのダイニングキッチンに繋《つな》がっており、紅の部屋から向かって右側にリビングが隣接している。

朝はキッチンで、夕飯を一緒に食べる時はリビングでテレビを観ながら三人で食事をするのがほとんどだ。

キッチンにもリビングにも誰もいない。キッチンのドアを開けると玄関まで一直線に廊下があり、その両側に篤志と悦司の部屋がある。手前のドアを開けて篤志の部屋を覗《のぞ》いた。

今朝は少し寝坊をしたからか、ベッドの布団はぐしゃぐしゃのままで、脱いだスウェットも床に散乱していた。それを拾ってベッドの上に置き、腰を下ろす。

（篤志……）

ベッドに触れ、ここで寝ている大型犬のような美しい獣の寝姿を思い出した。床に転がり落ちていることも多く、自然と笑みが漏れる。今日はかろうじて左足がベッドに載っていただけだった。

「あいつ、あれでよく風邪ひかないよな」

呟き、立ち上がって悦司の部屋に向かった。こちらは整理整頓されていて、布団のシワもほとんどない。寝相の悪い篤志とは正反対に真っすぐに寝る悦司の姿を思い出し、また笑みを浮かべた。

今日は、めずらしく左手が布団から出ていたことを思い出す。

『ほら～。早くしなさ～い』

また、外で子供を呼ぶ母親の声がした。

夕日はさらに沈んだようで、部屋は随分と暗くなってきた。部屋の電気をつけ、ドアに寄りかかるようにして、悦司の匂いがする部屋をじっと眺める。

こんな光景は見慣れていた。いつも二人が仕事に行っている間は、こんなだ。

しかし、篤志がロケで帰ってこない日もあるとはいえ、基本的に夜になると二人は帰ってくるし、寂しさのようなものを感じたことはなかった。

しかし、別々に暮らすとなるとそうはいかない。

夜になっても、一人なのだ。しかも、これから先ずっとだ。恋人ができて同棲《どうせい》するか、結婚でもすればそれもまた変わるが、まるで他人事《ひとごと》のようで女性と一緒に暮らす自分の姿が想像できない。

もしそうなるとしても、しばらくは独りの生活が続くだろう。

そう思うと急に寂しくなってきて、情けなさに苦笑いした。

「何浸ってるんだよ」

電気を消して悦司の部屋のドアを閉めると、リビングに行きソファーに座った。けれどもやはり感傷的な気分からは抜けられず、ズボンの尻《しり》ポケットにしまっておいた携帯を取り出し、じっと眺めた。

逡巡《しゅんじゅん》した挙句、短縮に入れておいた番号にかける。

五十音順で登録しているため、先にかけたのは篤志の携帯だった。

『はい』

「あ。篤志?」

『ただいま電話に出られませんので……』

電話に出たのが録音した篤志の声だったと気づき、さらに二人と話がしたいという気持ちが抑えられなくなった。いつもなら留守電に入れた声はすぐにわかるのに、気づかないで話しかけてしまうほど声が聞きたいと強烈に思っていたのだろう。

篤志の携帯が留守番電話だったことに触発されたように、悦司の番号が入っている短縮を押す。

仕事中にたいした用もないのに電話をする兄なんて、我ながら鬱陶《うっとう》しい奴だと思うが、はやる気持ちを抑えられない。

『兄貴?』

開口一番、呼ばれ慣れた言葉になぜか安心した。

兄貴——その響きが好きだ。

何度呼ばれてもいい。電話越しでも、声を聞けたことが嬉《うれ》しかった。

「あ、ごめん。今電話大丈夫か?」

『ああ。大丈夫だけど、何か用事?』

「いや、別に用ってほどじゃないんだけど」

『どうかした?』

悦司は紅が普通じゃないとすぐに察したようで、心配そうに聞いてくる。声だけで心理状態を見抜くなんてさすがだと思うが、心配かけてはいけないとようやく冷静になることができた。

「いや、やっぱり帰ってからでいいや。電話するほどのことじゃなかった」

『言ってくれよ、兄貴』

「本当にいいんだ」

『もしかして、俺の声聞きたくなった？』

一瞬、返事ができなかった。こんなにあからさまに反応したら駄目だろうと思うが、動揺は伝わったらしく、悦司は真剣な声で静かに言う。

『今から帰るよ。すぐに帰るから』

「いいって。ちゃんと仕事片づけて帰ってこい」

『もう帰るところだったんだよ。本当だ。すぐに帰るから、ちゃんと家で待っててくれよ』

それだけ言い残し、電話は切れた。

携帯を見つめ、ため息を漏らす。こんなことは、兄貴のすることではない。

「何やってんだよ、俺は……」

落ちてくる前髪を掻《か》き上げ、馬鹿なことをしたと深く反省した。


悦司がマンションのドアを開けたのは、それから一時間ほどあとのことだった。

急いで帰ってきたのだろう。部屋に飛び込んできた時の表情でそれがわかった。けれども事情を聞こうとはせず、紅の顔を見るなり笑みを見せてくれた。

「夕飯は？」

「まだ」

「じゃあ、一緒になんか買いに行こうか？　酒でも飲まない？」

大人の気遣いをしてくれる悦司に笑顔で返すと、紅は悦司とともに買い出しに行くことにした。Tシャツの上にネルシャツを羽織り、二人で歩いて駅に向かう。

ロータリーにあるファストフード店でチキンやサラダのセットを買い込み、その帰りにスーパーでジンなどの酒やライム、ロックアイスなどを購入した。チキンのいい匂いが漂う袋を軽く振りながら歩いて帰り、リビングで酒盛りを始めた。

腹が満たされて酒も回ってくると二人共完全にリラックスした格好でラグの上に座り、ソファーに凭《もた》れかかる。

何も聞かないでいてくれることがありがたかったが、もう大丈夫だ。

「今日は悪かったな。驚かせてさ」

「いや、いいよ。電話してくれて嬉しかったよ。兄貴っていつも自分一人で乗り越えようとするからさ。独り暮らしなんか始めたら、余計一人で抱え込みそうだし、ここを出て行く前にそういうところ見せてくれただけで少し安心した」

悦司の言葉に、微笑を見せる。目が合うが、どちらからも逸《そ》らそうとはせず、しばらく互いの顔を見ていた。

本当に大人になったな……、とつくづく思えてきて、頼れる相手に成長した弟に自分の気持ちを告白する。

「もう少しでここを出て行くって思ったら、ちょっと寂しくなってさ」

紅はグラスを回して氷を溶かし、舐《な》めるように口をつけてまたグラスを回した。ゴードンにロックアイスとカットしたライムを入れただけだが、こんなふうに静かに飲みたい時にはいい。強い酒だとわかっているが、すっきりとしたライムの後味がよく、ついついグラスを重ねてしまう。

「一人でいたら、たまらなくなったっていうか」

「……兄貴」

「悪いな。俺から独り暮らしするって言い出したことなのに寂しいなんて言って」

「いや、いいよ」

悦司は大人だった。

身勝手なことばかり言う兄だと自分でも思うが、悦司は黙って聞いているだけだ。あまりに大人だったから、さらに本音が零《こぼ》れてしまう。

「本当はさ、俺もお前らとずっと一緒に暮らしたいんだ。でも、お前らにはお前らの人生があるだろ。いつまでも俺に縛りつけとくのもな」

「え……」

小さな驚きを見せる悦司に、紅はまた微笑を浮かべた。自分の弱さを見せられたのは、酒の手を借りていたからだろう。本当はそんなに強くないのだと改めて思い、手元のゴブレットグラスに視線を落とした。

透明なジンに、氷が溶け出しているのが見える。グラスの中の世界は美しくて、紅はそれに見惚れていた。もしかしたら、これまで弟たちを護るためにずっと強がってきた自分も溶け出しているのかもしれない。

本当はそんなに強くないのだ。

「俺がお前らのために、自分を犠牲にしてきたって思ってるだろ？」

「実際そうじゃないか。兄貴は兄弟三人で暮らすために、いろいろ努力してきたよ」

「まぁ、確かに頑張ったけど、それは俺の願望でもあるからいいんだよ。俺はさ、お前たちが恩返しのために俺に縛られるのが嫌なんだ」

「縛られるって……そんなふうに考えたことはなかったよ」

「そうか？　でも、いつも俺のことを一番に考えてくれるからさ」

本当のことを言ってもいいんだぞと、目を細めて笑った。さすがに本人を目の前にしたら言いにくいかと思うが、悦司の口から出たのは想像もしていなかった言葉だ。

「俺は……兄貴がいい加減俺らから解放されたいんだと思ってたよ」

「そんなわけないだろ」

クス、と笑って顔を上げたが、悦司は笑顔ではなかった。眉間《みけん》に軽くシワを寄せ、考え込んでいるような表情になっている。

「俺は、兄貴を自由にさせてやりたかったから、兄貴が出て行くことに納得したんだ。自分の気持ちより、兄貴の気持ちを優先するのが大人だって思ったから。でも、今言ったことが兄貴の本音なら、やっぱり一緒に……っ」

「無理するな」

「無理じゃない。無理なんかしてない。俺は兄貴が……っ！」

「悦司……」

「俺は……っ、俺の本音は、兄貴とずっと暮らしたいんだ」

いつもクールな悦司にしてはめずらしく、感情的になっていた。一人でここを出て行くと言った時も、反論する篤志の横で紅の本音を見極めるように黙って二人のやり取りを聞いていたのに、今はいつもの冷静さが見られない。

そんな悦司に少し圧倒されながらも、ここで自分まで感情に流されてはいけないと決意を固くする。

「いいんだって。もう決めたことなんだから」

もう遅いのだ。

紅は、悦司の言葉に甘えたがる自分に言い聞かせるように、心の中でそう呟いた。

もう遅い。

引越し先も決まった。契約も済ませてきた。せっかく弟離れするきっかけができたというのに、後戻りしたら今までの努力が無駄になる。今を逃したら、今度こそ二人に甘えていつまでもしがみついてしまいそうだ。

そんな兄でいたくない。

「ごめん。変なこと言ってさ。やっぱ胸の奥にしまっとくべきだった。飲みすぎたよ」

はは、と軽く笑い、もうこの話はおしまいだとグラスをテーブルに置いた。

「兄貴」

「何？」

悦司の気配が近づいてきたのがわかり、視線を上げる。

（え……？）

紅の唇を見つめながら顔を傾けてくる悦司の表情に、心臓が跳ねた。男らしい色気のある表情に息を呑《の》むと、唇を重ねられる。

「ん……」

軽く押しつけられただけだが、それだけで思考は停止し、頭の中は真っ白になった。唇はいったん離れたが、すぐ傍《そば》から見つめられて躰が硬直し、指一本動かすことができなくなる。

（悦司……？）

唇を動かそうとした途端、再び悦司が顔を傾けて近づいてきた。その唇が落とされたのは先ほどと同じ場所ではなく、首筋だ。

「——ぁ……っ」

ぞくっとなり、自分のとは思えない掠《かす》れた声に戸惑いを覚えずにはいられなかった。甘い戦《せん》慄《りっ》は、なんとも形容しがたい余韻を残して肌の上を走り抜けていく。

初めて味わう感覚だ。

今、自分の身に何が起きようとしているのかすらわからない。なぜ、悦司がこんなことをしているのかも……。

酔いも手伝い、考えはまとまらなかった。

「え、悦司……っ、ちょっと……待てって……っ、……何……？」

そうこうしている間にラグの上に押し倒され、さらに唇で肌を刺激される。ソファーとセンターテーブルの間に押し込められたような格好になり、自由が利かない。

「……ぁ……っ」

Tシャツの上から脇腹《わきばら》を撫《な》でられ、息をつめた。震える唇の間から漏れた熱い吐息の意味を考えたくないが、容赦なく目の前に現実を叩《たた》きつけるように悦司の手は強引さを増していく。

こんなに力が強かったのだろうかと、明らかな力の差を見せつけられ、その現実に世界がぐらついた気がした。

これまで信じていたものが、音を立てて崩れ落ちていく。

「おい、何してるんだ。悦司、やめろ……っ！　……ぁ……っ」

必死で悦司の肩を押し返そうとしたが、手首を摑まれて押さえ込まれ、状況はどんどん悪くなっていく。

「兄貴……っ」

鼻を掠《かす》める微《かす》かな体臭は、悦司が興奮している証《あかし》だった。捕食者が獲物を狙《ねら》い、昂《たか》ぶり、獣特有の匂いを振りまきながら牙《きば》を立てるように、悦司もまた欲望という名の牙を兄である紅に突き立てようとしている。

耳元で聞かされる荒い息が、それを証明した。

人一倍理知的だと思っていた弟の、野性的な一面――。

「兄貴が好きなんだ。ずっと……ずっと好きだった」

「悦司、……お前、何言ってるんだ？」

「何って……俺の本音だよ。兄貴が本気で望んでないのに、別々に暮らす必要なんてないだろう。俺は、女なんて興味ない。俺は兄貴だけだ」

「何馬鹿なことを……、言ってるんだ。……俺たちは……っ、兄弟、なんだぞ」

「そんなの関係ない」

「関係ないことあるか……っ、実の兄弟で、こんなこと……っ、していいわけないだろう。こんな……っ、こと……っ」

口では拒絶しながらも、乱暴な扱いに体温は徐々に上がっていく。

それが揉《も》み合いによる体温の上昇なのか、それとも性的なもののせいか、どちらなのか紅本人にもわからない。

「それは常識の話？　それとも、兄貴の気持ち？」

「どっちも、だ……っ、……ぁ、……俺たちは、血が繋がってる……、――ん……っ」

紅の言葉は、思いのほか柔らかい悦司の唇の下に消えた。

執拗《しつよう》なキスから逃れようとするが、微かに開いた唇の間から悦司の舌が入り込んできて、理性を搦《から》め捕《と》るかのように口内を嬲《なぶ》られる。

(駄目、だ……っ、……こんなこと、したら駄目だ……っ)

紅は、必死で悦司を押し返した。

男同士で、しかも兄弟でこんなことをしていいはずがない。許されるはずがない。

力では敵《かな》わず、言葉も届かない相手を前に、紅の心には焦燥が渦巻いていた。この行為の先に待っているものが、怖くて、恐ろしくてならない。

「……お、落ち着け、……っ」

揉み合っているうちに、テーブルのグラスが落ちてラグの上に転がった。

力ずくで誰かを自分のものにしようとするなんて、悦司らしくない行動だ。しかし、それほど思いつめているとも言えた。

あんなことを言わなければ――。

自分からここを出ていくと宣言しておきながら、寂しさを堪《こら》えきれず電話なんかをかけた自分が悪いのだ。早く悦司の理性を取り戻してやらなければと思い、正気を取り戻すよう、わざと篤志の名前を口に出す。

「いい加減に、しろ……っ。もうすぐ、篤志が……帰って、くる……っ」

「篤志だって、……っ、同じ、気持ちだ」

「！」

紅は、抵抗の手を止めた。悦司を見ると、紅を押さえつけたまま真剣な表情でじっと紅を見ている。何も言えず、なんの反応もできず、しばらく見つめ合っていた。

そんな紅を見て、悦司はあがった息を整えるように大きく深呼吸してもう一度言う。

「篤志も、俺と同じ気持ちを兄貴に抱いてるんだよ」

「な、なんの冗談だよ」

「冗談なんて言ってなんになるんだ」

そんなこと信じられるわけがない。

そう心の中で反論するが、紅の表情から何を思ったのかわかったようで、自虐的に嗤《わら》ってみせる。その表情は見ているほうが切なくなってくるほど痛々しくて、なぜそんなふうに嗤うのかわからなかった。

「俺も篤志も、兄貴が好きなんだよ。気づいたのは、高校の頃だ。お互い、兄貴には手を出さないって約束をしてた。協定を結んでたから、今まで我慢できた」

「おい、何する……、——悦司っ！」

押さえ込まれたまま、はだけたネルシャツで後ろ手に縛られてしまう。必死で解《ほど》こうとするが、そうしている間にネクタイで足も縛られ、自由を奪われた。何をするつもりだと思うが、悦司も何か目的があったわけでなく、咄嗟《とっさ》にそうしただけのようだ。

紅をラグの上に転がしたあとは、ソファーに座って頭を抱える。

「もう、……終わりだ」

伝わってくる絶望感。

その様子から、紅が本音を言わなければあのまま紅がここから出ていくのを黙って見送るつもりだったとわかる。

「終わりなんかじゃない。いいから解け」

「なかったことにできる？　俺にこんなことをされて、何もなかったような顔で仲良しごっこできると思うのか？」

悲しそうな目をした悦司は、テーブルに置いていたスマートフォンに手を伸ばした。電話の相手は、篤志だ。

「篤志か？　俺だ」

深刻そうな声は、篤志にも伝わっているだろうか。

悦司は自分が約束を破って紅にキスをし、篤志と自分の気持ちを告げてしまったことを告白した。篤志に何を言われたのか、「ごめん」とだけ言ってスマートフォンをテーブルの上に置く。それからは、何を言ってもだんまりだ。

篤志が飛び込むようにしてマンションに帰ってきたのは、それから三十分後だった。

「――兄貴……っ！」

部屋に入るなり、縛られた紅を見て呆然《ぼうぜん》と立ち尽くした。そして、責めるように悦司を見る。

「……悪かった」

「どういうことだよ？」

「兄貴は、俺らのためにここを出て行く決心をしたんだよ。俺らが兄貴に縛られて自分の幸せを逃すのが嫌だったんだ。だから、それは違うって……」

「篤志。これ、解いてくれ」

紅は身を起こして必死で訴えた。篤志も自分を好きだという悦司の言葉が、まだ信じられない。あれほどはっきり言われたのに、まだ感情がその事実を受け入れていなかった。

「悦司。俺らの気持ち全部言ったのか？」

「ああ。兄貴はまだ信じてないけど」

悦司の言葉に、篤志はゆっくりと視線を紅に移す。

それで全部察した。

悦司の言ったことは、本当だ。篤志も悦司と同じように、紅に対して兄弟に向ける以上の愛情を抱いている。いや、欲望と言ったほうがいいのかもしれない。

「兄貴、悦司の言ったことは本当だ。俺も悦司も、兄貴が好きなんだよ。好きってのは、セックスしたいって意味だ。わかんだろ?」

はっきりと口にされ、迷いのない真っ直ぐな目に頬《ほお》が熱くなった。真っ先に抱いたのは、嫌悪感ではない。

それは、二人に決して悟られてはならないことだ。

「お前……自分が、何言ってるかわかってるのか?」

「わかってるよ」

「わかってない。お前たちは何もわかってない。こんなこと、世間で認められるはずがないだろ……っ」

この状況で、常識なんて持ち出したのが馬鹿だったのか。篤志は鼻で笑った。

「俺たちが抱いてる気持ちが普通じゃないって、そんなことわかってるんだよ。だから、隠してた」

「それならこんなことはやめ……」

「今さらやめてどうなるんだよ。バレちまったらもう終わりだな。兄弟ならずっと一緒にいられると思って心の奥にしまっておいたのに」

「すまん。俺のせいで……俺としたことが、感情的に……」

「悦司のせいじゃない。俺が先に手ぇ出してたかもしれない。兄貴が俺らのもとを離れるって決めた時から、こうなるのは決まってたのかもな。なぁ、悦司。どこまでやった？」

「キスした。顔にも躰にも、……唇にも」

紅を見下ろしたまま、ゆっくりと近づいてくる篤志を見て、何をしようとしているのかすぐにわかった。

「おい」

「兄貴」

伸びてきた手は、紅の頬に触れた。

「ごめんな、兄貴」

この現実を受け止めきれずにいる紅を慰めるように、手は頬に添えたまま親指で優しくそこを撫でる。

「篤志。お前何……、——ぅん……っ、ん……っ、……やめ、ろ……」

「好きだ、兄貴。ずっと好きだった」

再び押し倒され、膝《ひざ》の間に腰を入れられる。足首を縛っていたネクタイを解かれるが、完全に組み敷かれていては逃げ出せない。そして、悦司が立ち上がるのを見た瞬間、本能的に全身が危険を感じた。

早くなんとかしなければと焦燥を覚え、篤志の下から這《は》い出そうと必死で身を捩《よじ》る。

その時、ソファーを回り込んで紅の頭のほうから近づいてくる悦司の足が見えた。

「俺たち、もう終わりだな。……好きだよ、兄貴」

跪《ひざまず》いた悦司は、哀《かな》しげな目をしていた。


凌辱《りょうじょく》はラグの上で始まった。

腕の縛《いまし》めは解かれていたが、紅の頭の上に跪いた悦司に両手を押さえられている。どんなに腕に力を入れても、びくともしない。

「おい……っ、やめろって……」

紅はどちらかだけでも正気に戻ってくれないかと必死で訴えかけたが、じっくりと観察するような二人の視線は熱く、触れられているような感覚すら覚えた。

血の繋がった弟たちに性的な視線を注がれ、耐え難い羞恥《しゅうち》に襲われる。

今まで弟だと思っていた二人の目に、これほどの情熱があったのかと驚きを隠せなかった。自分が気づいていなかっただけで、ずっと熱い視線で見られていたのだ。

兄として取っていた行動が、どれだけ二人を刺激していたのか。

考えたくはないが、己の知らぬ間に注がれていた想いに戸惑いを覚える。

「兄貴……。ずっと、触りてぇって……思ってたんだ」

「……っ、……やめ……、頼むから……、こんなこと……やめ……」

篤志の手がそっと脇腹の上に置かれ、息があがった。

シャツ越しに感じる手のひらの感覚に、躰が素直に反応する。まるで何かを期待しているかのような自分の反応が信じられない。そんなはずはないのに……、と思うが、悦司の愛撫《あいぶ》によりすでに一度火を放たれているのだ。

心を裏切るかのように、再び躰が熱を帯びるまでに時間は必要なかった。

「兄貴……」

シャツの上から這わされる手は、直接的な刺激でないだけに曖昧《あいまい》な感覚を紅の躰に植えつけていく。

布が肌の上を滑るわずかな刺激はくすぐったいが、同時にもどかしくも感じた。

肌は布越しに触れてくる篤志の手のひらをより感じようとしているのか、敏感になっていく。

どんなことをされるのか、すべて知っておきたいと白状しているようだ。

さらに、悦司が手首の近くに唇を這わせてきて、篤志に気を取られていた紅の意識は再びそちらに向かされる。

「ぁ……っ」

手首の内側が、こんなに感じやすいなんて思っていなかった。あまり日の当たらない肌は薄くて、悦司の唇の感触をはっきりと感じることができる。

ついばまれ、人は躰のどこででも快感を得られることを初めて知った。篤志と悦司に触れられる部分すべてが、性感帯になったかのように快楽を見つけ出してしまう。

男同士なのに、兄弟なのに、弟たちの愛撫にこんなにも反応する自分に恐れにも似た思いを抱かずにはいられなかった。

いけないことなのに。許されないことなのに。なぜ。どうして。

「嫌だ……、離せ……っ、……触る、な……っ、触るな……っ、……はぁ……っ」

何度も言うが、それも虚《むな》しいだけだ。口では拒絶しているが、躰のほうはそうはいかない。

戸惑いながらも、二人の愛撫に応《こた》えている。

「――ぁあ……っ！」

シャツをたくし上げられて腹や胸板が外気に曝《さら》されると、身を焦がされる思いがした。もろ肌脱いだところを見られるくらい兄弟の間では日常的なことだが、二人が自分を見る視線に欲望があると知ったからか、見られることにたまらない羞恥を覚える。

「み、見る、な……っ」

「細ぇ躰……。ずっと、色っぽい躰だって……思ってた」

あからさまに股間《こかん》を押しつけられ、顔を背けた。

弟だが、男だ。自分に欲望の牙を剝《む》く牡《おす》だと思い知らされる。二人がかりで押さえ込まれていては、抵抗など無意味だ。

「ずっと……こうしたかったんだ。兄貴……、好きなんだ。……愛してる」

「何言って……、俺たちは……兄弟、だぞ、――兄弟、なんだぞ……っ！」

「そんなこと、何度も思い知らされてきた。そんなことは、わかってんだよ。それでも好きなんだ。兄貴。……綺麗《きれい》だ」

「あ……っ！」

手首を嚙《か》まれ、喉《のど》の奥から掠れた声が漏れた。

意識が篤志の愛撫に向かうと、自分を忘れるなとばかりに悦司が肌を刺激してくる。それに息をあげると今度は篤志が自分の存在を誇示するかのように、軽い痛みを与えてくるのだ。

獲物に群がる二匹の獣は、それぞれが思うまま自分の欲望をぶつけてくる。

「悦司……、やめ……、……痛い」

「篤志の手にばかり、集中するからだ」

頭のほうに跪いていた悦司が、耳元に唇を寄せて囁《ささや》いた。

いつもクールな悦司の欲情した声に、肌がざわついた。そうしている間にも篤志は脇腹の敏感な部分を刺激してくる。突起には触れず、周りを指でなぞりながら唇を押しつけてくる篤志の愛撫に劣情を煽《あお》られた。

鳥肌が立ったのは、嫌悪感からではない。

「——はぁ……っ！」

胸板の二つの飾りが、ツンと尖《とが》っているだろうことは自分でもわかった。触れそうで触れないことが、逆にいつ触れられるのだろうという気持ちを呼び起こす。

警戒しているのか、期待しているのか——曖昧な思いの間で揺れていると、その答えを自分で確かめろというように篤志の唇が胸の突起を捕らえる。

「ぁ……っ！　……篤志……、やめ……、……ぁ……、……んぁ……」

ビクビクと躰が反応し、悦《よろこ》びにも似た甘い吐息が唇の間から次々と漏れた。

「兄貴、ここ敏感なんだな。知らなかったよ」

「いい加減に、しろ……っ」

これから何をされるか考えただけで、怖くなる。自分を凌辱しようとしている弟たちに対する恐怖ではない。

自分の中にあるものへの恐怖だ。

紅はすでに気づいていた。二人に愛撫されて感じているのは、たまらなく甘美なものであると……。

禁断の果実は口にした者を魅了し、惑わせ、忘れようとしても記憶の中に残り続けて再びその味を思い出させる。もう二度と手を出してはいけないと自分に言い聞かせても、少しでも気を緩めようものなら、その味を反芻《はんすう》するかのように、目を閉じていつの間にか舌に残る記憶を呼び起こしてしまう。

その病に取り憑《つ》かれた者は、二度と正気に戻れないだろう。

麻薬のように、いつまでも魅了し続ける。

(駄目、だ……、駄目だ……っ、——父さん、——母さん……っ)

家族五人で暮らしていた子供の頃のことを思い出し、目頭が熱くなった。

二人は大事な家族だ。大事な弟だ。

子供の頃から、ずっと知っている。二人が産まれた時のことも、覚えている。二人が成長する姿も、ずっと見てきた。仲のいい兄弟だと言われ、時々兄弟喧嘩《げんか》をしながらも、ともに成長してきた。

両親が他界してから一度は離れ離れになったが、家族といることを願う二人のために努力を重ねて、実現させた。二人も同じだろう。

兄弟三人でずっと生きてきたのに、こんなことで失いたくはない。

わかっているのに、注がれる愉悦に紅はじわじわと狂わされていく。大事なものが、自分の手から零れ落ちるのを為《な》すすべもなく見ていることしかできない。

「篤志っ、やめ……っ」

「黙って」

悦司に手で口を覆われ、耳朶《じだ》を唇で挟まれる。耳元で聞かされる欲情した牡の息遣いに、紅はこれまで以上に煽られていた。

二人の獣じみた息遣いを聞いているうちに、まるで自分は神により二人に与えられた生贄《いけにえ》のように感じた。絶対的な存在により、好きにしていいと与えられればその従者は容赦なく牙を剝いて貪《むさぼ》るだろう。

「うん……っ、んんっ、……ぅん……っ！」

「兄貴」

「うんっ、んっ、……んんっ、……ぅ……、ぅん……、……ふ、……ふぅ……っ」

口を覆われているためくぐもった声しか出ないが、次第に甘さを帯びてくるのが自分でもわかった。甘えるような声に、二人も気づいているに違いない。

甘い愉悦の虜《とりこ》になりつつある自分を、どう思っているのか――。

言葉でどう抵抗しようとも、紅の反応が本音を白状している。二人の暴挙は、紅の反応が違っていれば中断されていただろう。

「兄貴、綺麗だよ。……すごく……、……綺麗だ」

耳朶から首筋に唇を這わせてくる悦司の愛撫に、躰が小刻みに震えた。これほどの快楽を味わったことはなかった。震えるほどよくて、視界が涙で揺れる。

これだけでも正気を失いそうなのに、篤志がにじり上がってきて、口を塞いでいた悦司の手をずらした。そして、唇を重ねてくる。

「ふ……、ぅ……、……ん、……んんっ、——ぅん……、……ふ」

篤志のキスは優しく、取り込まれそうになる。こんなことをしては駄目だという己の声は、遠くのほうで聞こえるだけだ。

「篤志。兄貴をイかせてやろう」

「いいぜ」

二人の暴走を感じながらも、止める術《すべ》はない。それでも足掻《あが》かずにはいられず、瀕死《ひんし》の状態の理性を働かせて、力なく抵抗を続ける。

「頼む、から……も……、——んっ！」

悦司に手で口を塞がれ、再び左の突起を指で刺激された。反応がよかったからか、篤志も赤い舌を出して右側にむしゃぶりついてくる。

篤志と悦司の愛撫は、対照的だ。

篤志は思いのほか優しかった。柔らかい舌で突起の周りをなぞり、唇で優しくついばむ。少しずつ慣れさせるように、刺激を徐々に大きくしていくのだ。

そして悦司は、思いのほか乱暴だった。尖らせた舌先で突起をノックし、唇できつくついばんで引っ張り軽く歯を立ててくる。

「うん、んんっ、んーっ、ん！　うん……っ、……んんっ、……うん、……んっ！」

身悶《みもだ》えるほどの快感を、初めて味わった。

抵抗の手はほとんど意味をなさず、快楽の虜になっている。優しく舌を搦め捕る篤志の口づけと、荒っぽい息づかいで首筋や耳朶を刺激する悦司の愛撫に、抵抗しようとする心は次第に服従へと変わっていくのがわかった。

一度、泥濘《でいねい》に足を捕らわれると、這い上がることなどできない。

「——んぁあ……、……ん……っ、……んぁ、……んあぁ……」

口を塞いでいた手が離れていき、本音が熱い吐息となって次々と唇の間から溢《あふ》れ出た。言葉にする以上にそれは紅の状態を吐露しており、二匹の獣はより激しく紅を責め苛《さいな》む。

「あ、あっ、……んぁ！」

刺激されつづけて敏感になったそこは、赤く充血し、ぷっくりと膨れ上がっていた。篤志と悦司が自分の躰を嬲っている姿を見て、視覚的な興奮に襲われる。

信じ難いことだが、弟たちに凌辱されている現実が紅を狂わせているのは事実だった。

見るな。

見ないでくれ。

誰か助けてくれ。

必死で訴えるが、それも長くは続かなかった。

あまりにつらくて、苦しくて、快楽に身を委《ゆだ》ねると、それは恐ろしいほど強烈なうねりとなって紅を呑み込んでしまう。理性など届かない場所に連れていかれ、愉悦を注がれて貪欲《どんよく》な本性を露《あらわ》にさせられるのだ。

涙が滲《にじ》み、目尻《めじり》からそれが落ちると、耳たぶの下を通って首筋まで伝った。

「んぁ……、……やめ……て、くれ……、……も……」

そう言いながらも心は違うことを考えているのがわかったのか、悦司が愛撫の手を止めて篤志を促す。

「兄貴、苦しそうだ。篤志、出してやれよ」

その言葉を聞いて、恐怖に心が震えた。

そんなことをしていいはずがない。そんなことをされたら、二度と這い上がれない。

篤志の手がズボンのファスナーを下ろし始めると、紅は最後の抵抗を試みようとしたが、あっさりと脚を押さえつけられて身動きを封じられてしまう。

「――はぁ……っ！」

舌先で裏筋を舐め上げられ、口に含まれた途端、過呼吸になりそうなほど息を大きく吸った。

すぐに吐き出すことができずに、何度も吸ってしまう。肺が空気でいっぱいになってもそれはしばらく続き、眩暈《めまい》がした。

「ほら。息、吐いて」

宥《なだ》めるような悦司の言葉に、ようやく息の仕方を思い出して震えながら息を吐く。その間も、篤志の舌はまるで生き物のように絡みついてきた。

篤志の口内は熱くて、蕩《とろ》けてしまいそうだった。絡みつく舌に、夢中にさせられる。

（誰、か……）

どうして簡単に服従してしまうんだと思うが、助けを呼んでも紅に手を差し伸べる者などいなかった。底なし沼に足を取られたかのように、深いところへ引きずり込まれる。

「兄貴、そんなに気持ちよさそうにしないでくれよ。妬《や》けてくる」

悦司の手が胸の突起に伸びてきて、きつく摘まれた。篤志の愛撫に応えるはしたない紅を叱《しか》っているようだ。

被虐的な悦びを呼び起こす指は、徐々に大きな痛みを覚えさせていく。

「んぁ……、はぁ……っ！　……ぁ……、……んぁあっ」

「いいよ、兄貴。篤志の口に出して、楽になっていいんだ」

「……痛……、……っく、……んぁ、――ああ……っ！」

堪えきれず、紅は下半身を痙攣《けいれん》させながら白濁を放った。ゴクリ、と喉《のど》を鳴らして篤志がそれを呑み込んだのがわかる。

「……ぁ……っ」

あっという間のことで現実を受け止めきれず、放心していた。息が次第に整ってくるが、身動きすることなどできず腕を放り出して脱力していることしかできない。

二人がかりで凌辱された紅の姿は若い牡を刺激したようで、うっすらと目を開けて天井を見ていた紅の唇に再び悦司の唇が重ねられた。

「――ぅん、んんっ、んっ、……ふ、……んん」

乱暴なキスに、ようやく整いかけた息が再びあがってきて、落ち着いてきた熱も戻ってくる。まるで躰の芯《しん》が焼かれているようだ。

「ん、……ぅん、……ふ、……んんっ、……ん」

濃厚なキスに戸惑っていると、篤志の気配が耳元に近づいてきた。

「兄貴。悦司とばかりキスすんなよ」

耳朶を嚙《か》みながら嫉《しっ》妬《と》心を露にされて、ぞくりとなる。

「ぅん……っ」

篤志の唇が割り込むように絡みついてきて、二人の唇は競い合うように交互に紅の唇を貪り始めた。同時に二人にキスをされるのも初めてで、されるがまま口内を嬲られる。

(……篤志……、悦司……っ)

倒錯と狂気、そして噎《む》せ返る快楽の中で紅の心は傷つき、泣いていた。

目を覚ますと、そこは自分のベッドの上だった。ただし、横にもう一つベッドが並んでいる。篤志か悦司の部屋のを運んできたのだろう。

紅は全裸にされており、手首と足首にはタオルが巻きつけられ、その上から梱包《こんぽう》用のビニール紐《ひも》で縛られてそれぞれベッドの脚に縛りつけられて中央に寝かされている。風邪をひかないようにと気をつかったのか、腰のところはタオルケットが被《かぶ》せられていた。

監禁するつもりなのかと思うが、直接ビニール紐を巻かずにタオルを巻いているところが二人らしかった。こんなことをしても、大事にされていることが伝わってくる。ベッドの脚に括《くく》りつけられているビニール紐にも少し余裕が持たせてあり、ベッドから降りたり自分で拘束を解いたりはできないが、多少の自由が利くようにはされていた。

横に視線をやるとダンボール箱はすべて部屋から出されていて、ベッドと仕事用の机とオーディオが残っているだけだ。パソコンなどもすべて部屋から消えている。

引越しの準備をしていたのだ。紅が眠っているうちに荷物を別の部屋に移動させることなど簡単だっただろう。監禁するために用意されたかのような部屋に、現実を突きつけられた気がしてため息をついた。

二人がかりで凌辱されたことを思い出すが、頭がぼんやりしてまだ何かを考える気にはなれない。どうしたらいいのか、わからない。

しばらくするとドアが開き、篤志が入ってくる。

その手にはお湯を張った洗面器とタオルが握られていた。机にそれを置き、タオルをお湯に浸して絞ると、紅の躰を丁寧に拭いていく。

「なぁ、俺を……監禁するつもりか？」

ぼんやり聞くと、篤志は紅をチラリと見てからまた作業を続けた。その野性的な外見からは想像できないほど、恐る恐るといってもいいほど優しく触れてくる。

「答えろよ」

「わかんねぇよ。こんなことするつもりじゃなかったんだから」

篤志は曖昧な笑みを見せ、ベッドに腰を下ろした。伸びてくる手に何をされるのかと身構えると、哀しそうな顔をする。

「そんなに警戒すんなよ。……まぁ、あんなことされたら、警戒くらいするか」

「外してくれないのか？」

「外したら、逃げるだろ？」

「当たり前だ」

わざと冷たく言うと、篤志は視線を下に落とした。

「ごめんな、兄貴」

「謝るくらいなら、これ外せ」

腕を曲げて紐を引くが、篤志は黙って首を横に振るだけだ。

「そんなことしたら、終わっちまう」

「そんなこと……」

「いや、終わる。兄貴は、二度と俺たちに会ってくんない」

篤志がベッドに膝を乗せてきて、マットレスが沈んだ。自由が利かない状態で上から覗き込まれると、二人がかりで愉悦を注がれたあの濃厚な行為を思い出してしまう。

挿入はされなかったが、今度はわからない。

「ん……」

唇を重ねられて逃れようとしたが、馬乗りになられ、両手で頬を包み込まれ半ば強引に押さえ込まれる。

「うん……、……んっ、……んんっ、……ぁ……、……篤、志……っ」

篤志のキスは、優しかった。そして、官能的だった。

柔らかい唇で唇をついばまれると、次第に息があがっていく。取り込まれてはいけないと自分に言い聞かせるが、甘美なキスに酔いしれてしまうのをどうすることもできない。

若い躰は正直で、紅の中心は少しずつ変化を始める。

「——篤志……っ」

篤志のキスから逃れようと顔を背け、必死で名前を呼んだ。

こんなことをしては駄目だと。引き返すのは今だと……。

けれども、すでに一線を越えてしまった篤志にその声は届かない。真っ直ぐに注がれる視線から、篤志がどれだけ思いつめ、追いつめられているか痛いほど伝わってきた。

行き場のない者の目だ。

「大声出して助けを呼ぶ?」

紅は答えなかった。

大声を出して助けを求めることは可能だ。けれどもそんなことをすれば、すぐに猿轡《さるぐつわ》を噛まされるだろう。もともと分譲用に建てられたマンションで、買い手がつかなかった部屋が賃貸として出されていたのだ。賃貸用に建てられたマンションとは壁の厚さなどが違うため、大声を出したからといってそう簡単に誰かの耳に届くとは限らない。その前に、二人に気づかれる可能性が大きいと言えた。

それなら、下手に猿轡を噛まされるより、このままおとなしくしてチャンスを待ったほうがいい。

どのくらい無言のまま見つめ合っていただろうか。

ドアの外で人の気配がして、悦司が入ってきた。その手に握られているのはトレーだ。紅が作り置きしていた野菜スープが湯気を上げている。

篤志が紅の上から退《の》くと、ベッドに腰を下ろしてトレーを膝に置く。

「兄貴が作ったやつだけど、持ってきた。あとでちゃんと作るけど、とりあえずこれだけでもと思って。そのままでも起きられるだろう？」

最後に食べ物を口にしてから半日くらい経っていそうだったが、食べる気にはなれなかった。こんな状況で食欲なんか出るはずがない。

それを態度で示すと、悦司は仕方ないとばかりに立ち上がって机にそれを置いた。

「兄貴が食べないなら、俺たちも食べないよ」

「好きにしろ。でも、いつまでもこんなこと続けられると思ってるのか？」

「さぁ、どうだろう。いつまで続けられると思う？　三人で行方《ゆくえ》をくらまそうか？」

悦司は自虐的な笑みを見せ、背中を少し丸めてベッドに腰を下ろした。

手櫛《てぐし》で撫でつけただけのオールバックの前髪が少し落ちて、その表情を隠す。中指でメガネを押し上げる癖はいつもと同じだが、常に背筋を伸ばしている悦司がこんなふうに打ちひしがれている姿を見るのは初めてだった。

落ち込んでいるのが、よくわかる。

篤志も悦司も紅を凌辱したほうなのに、二人の姿を見ていると紅のほうがひどいことをしたような気分だった。

「俺たち、いつまで一緒にいられるかな」

ポツリと漏らされた篤志の言葉に、失ってしまったものの大きさを感じさせられた。大事にしていたものを取り返したくて、悪あがきとわかっていても言わずにいられない。

「な。頼むから、こんなことはもうやめろ。冷静になって考えろ。お前らは勘違いしてるだけだ。ずっと兄弟三人で肩寄せて生きてきたから、お互いを想う気持ちが少し強いだけだ。恋愛感情じゃない」

「気持ちまで否定しないでくれよ」

篤志は哀しげな顔をし、もう一度言った。

「俺たちの気持ちまで、否定しないでくれ」

傷ついた顔をする篤志を見て、紅も胸が痛くなった。苦しいくらい、締めつけられる。だが、それでも受け入れられない。受け入れてはいけないのだ。禁忌を犯せば、いずれ袋小路に陥るだろう。行き詰まり、行き場をなくし、後悔する日がくるかもしれない。

そうなった時、ただの兄弟に戻ろうと思っても遅いのだ。

「だって、信じられるわけないだろう。弟だぞ？　血が繋がってるんだぞ？　俺は、お前たちの兄貴なんだ」

強く言うと、今度は悦司が自虐的な笑みを見せながら言う。

「そんなことはわかってて、俺たちはこの気持ちをずっと抱えてきたんだ。どんなに諭しても無駄だ。そのうち、嫌でも俺たちが本気だってわかるさ」

最後の言葉に、紅はゴクリと喉を鳴らした。

本気なのだ、この二人は……。

そう痛感した。

本気で、実の兄を監禁し、一緒に居続けようとするだろう。あらゆる手を尽くし、紅を自分たちの手元に置こうとするはずだ。

そして自分も、このまま監禁され続けたらどうなるだろうと思った。二人に囲われるようにこの状態が続いたら――。

凌辱され、愉悦の虜になってしまった自分を思い出してそんな不安が胸に湧《わ》き上がる。

（監禁され続けたら、どうなるっていうんだ……）

何がどう変わるのだと自問するが、あまり考えるなと自分に言い聞かせてチャンスを待つことにした。もともと計画的だったわけではないのだ。どこかに隙《すき》が出るに違いない。

「わかったよ。好きにしろ」

紅はため息をつき、目を閉じて抵抗する気はないという態度を見せた。今、何を言っても二人には通じない。気持ちを否定すればするほど、逆効果になるだろう。

それなら、隙をついて逃げるまでだ。

観念したと見せかけ、紅はそれ以上何も言わなかった。二人の気持ちを否定することも、説得しようともせず、ベッドに横たわったまま目を閉じる。

そのおかげか、意外にもチャンスはすぐにやってきた。

数時間後、二人は紅を置いて同時に部屋を出ていった。部屋の外の様子に耳を傾けるが、物音はしない。今のうちだと、紅はビニールテープの下に巻かれてあるタオルを噛んで引っ張った。

「……う……っ」

半ば噛み切るようにしながら、少しずつ引き摺《ず》り出していく。

手首が擦れて赤く腫《は》れてくるが、五分ほどで右手が自由になった。片手が自由になればあとは早い。急いで左手の拘束を解き、足首に巻かれた紐も取り払った。

十分ほどで自由になると、窓に飛びついて外を見る。

ざっと見渡しても人の姿はなく、窓から助けを呼ぶのは諦《あきら》めてドアに向かった。すると、すぐ外で人の気配がしてノブがゆっくりと回るのが見え、素早くドアの陰に身を隠した。

「兄貴……っ!?」

入ってきた篤志には、一瞬、紅が部屋にいないように見えたのだろう。慌てて中まで入ってくる。

「篤志！」

「――っ！　……うぐ……っ」

自分の声に篤志が振り返るのと同時に腹を蹴《け》り上げ、部屋を飛び出した。

玄関までほんの数メートルだ。

紅は、腰にシーツを巻きながら部屋を飛び出して玄関に走った。悦司が別室から出てくる様子はなく、今がチャンスだとドアに飛びついて鍵《かぎ》を開けようとする。

しかし、紅の動きはそこで止まった。

「それ、簡単には開かねぇよ」

篤志が部屋から出てきてこちらに近づいてくるのが気配でわかる。

ドアには、元々つけてある鍵の他にも施錠されていた。

防犯用の鍵だ。マンションのドアにも取りつけられるようになっている。簡易タイプだが、五つもついていたら時間稼ぎにはなる。こんなふうに不意をつかれても、そう簡単には出られないようにしていたのだ。

ドアを叩いて助けを呼ぶ気力すら湧かず、唇を噛み、ドアに額を押しつけてゆっくりと息を吐いた。目を閉じ、自分が甘かったことを痛感する。

（くそ……）

篤志の気配がすぐ後ろまで来て、紅を包むように両側に手が置かれる。自分のより、大きくて骨ばった篤志の手――。

「そんなに俺たちから逃げてぇの？」

うなじに息がかかるほど近くで囁かれた声に、紅はもう一度きつく唇を噛んだ。

裏切られたように言うな。

傷ついたように言うな。

紅は、眉《まゆ》をひそめながら心の中でそう呟いていた。

裏切られたのは自分のほうだ。弟だと思っていたのに、大事な家族だと思っていたのに、いきなり好きだったなんて言われ、二人がかりで凌辱された。

躰と心に深く刻み込まれたものは、二度と記憶から消すことはできない。

「……篤志、頼むよ」

「駄目だ。そんなふうに言っても、無駄だから」

その声から、決意が固いことが伝わってきた。そもそも説得されて気が変わるくらいなら、こんなことはしないだろう。

そしてその時、シャワールームのドアが開く音が聞こえた。振り返ると、腰にバスタオルを巻いた悦司が出てくる。

「やっぱり、逃げ出そうとしたんだな」

メガネをかけ、廊下を濡《ぬ》らしながら歩いてくる悦司を見てゾクリとなった。それがどんな感情からきた震えなのかは、よくわからない。

ただ、自分はここに囲われた身だというのを思い知らされた。すぐ近くでは人が生活しているのに、この状態からはそう簡単に抜け出せない。

「わかっていたよ。観念したふりなんかしたけど、兄貴は諦めてないって」

悦司の声にも、篤志と同様に裏切られた哀しみが宿っていた。


再び凌辱は始まった。

逃げ出そうとしたことが二人を傷つけたのか、乱暴な愛撫はまるで紅を責めているようだった。ベッドに座る悦司に凭れかかるように座らされ、脚を大きく広げさせられている。脚を曲げた状態で右手首と右足首、左手首と左足首をそれぞれネクタイで結ばれているため、目の前に跪いている篤志に自分の恥ずかしい部分を見せつけている格好になっていた。

アイマスクをされて視界を遮られているため、二人がどんな顔をしているのかはまったくわからない。

「……っ、……はぁ……っ、……ぁ」

篤志が膝の内側に口づけただけで、まるで水面にさざ波が立つように肌の上をざわざわとした快感が走り抜けていった。柔らかい唇を押しつけられ、時にはついばまれ、少しずつ狂わされていく。

膝に添えられた手も、敏感になった肌には危険なものだった。油断すると、指を滑らされただけで感じてしまう。

また、後ろからは悦司がうなじや頭に口づけてきて、もどかしい愛撫に躰がピクリと反応した。悦司の愛撫は紅の中を探るようで、隠していたいものをいとも簡単に引き出してしまう。興奮を抑え込もうとしているのか、深くゆっくりとした息遣いに、より悦司の抱えている欲望の深さを見せつけられる。

「兄貴……、……はぁ……、挿《い》れたい。……兄貴に……、挿れたい」

髪の毛の上から頭に唇を押し当てたまま、悦司は自分の欲望を口にした。興奮を抑え込むような欲情した声は、いつも理性的な弟からは想像できないものだ。唇が動くたびにぞくぞくとしたものが背中を這い上がっていく。

「俺だって、兄貴に挿れてぇよ」

「――あ……っ！」

膝の内側に噛みつかれ、喉を仰《の》け反《ぞ》らせて喘《あえ》いだ。驚いたのは、それが苦痛に満ちたものではなく悦びに濡れていたことだった。

舌を這わされるといっそう貪欲な部分が露呈してしまい、それを確かめるかのように膝の上から歯を立てられる。

「んぁあ……っ！」

「兄貴、篤志にされるの、そんなに気持ちいい？」

耳たぶを噛みながら軽い嫉妬心を見せる悦司に、熱い吐息が漏れた。尾てい骨の上の辺りには、悦司の屹立《きつりつ》が当たっている。

「――ぁ……っ、……はぁ……っ、……あぁ」

躰中にキスを落とされ、肌は敏感に反応するようになっていた。柔らかい唇を押しつけられ時にはついばまれて狂わされていく。

「あぁ……、あ、……も……やめ、ろ……、……頼む、から……、もう……」

篤志には脚を、悦司には首筋や頭を愛撫され、代わる代わる注がれる愉悦に紅は抗《あらが》うことをやめてしまいたくなった。必死で足下のシーツを掴むが、そんなことをしても快楽の波は次々と襲い掛かってきて、波に岸壁が浸食されていくように理性も少しずつ削り取られていく。どんなに自分を保とうとしても、もう一人の自分が注がれる甘い蜜《みつ》を味わおうと顔を出すのだ。

貪欲な獣は、押し込められたところから早く出たいと、切望している。

「う……、……っく、…………何……するん……、だ……」

膝を太股《ふともも》の下に入れられて尻を少しだけ浮かされると、篤志の大きな手に双丘を鷲掴《わしづか》みにされてゆっくりと揉み解《ほぐ》される。奥の蕾《つぼみ》が無防備に曝されているが、自由を奪われた紅には隠す術はなく、いつ篤志の指がそこに届くのか身構えていることしかできなかった。

するると、悦司が後ろから太股を抱えるようにして篤志を促す。

「——ぁ……っ！」

蕾に指で触れられ、紅の躰は大きく跳ねた。

冷たく感じたのは、指に何か塗っているのだろう。微かにハンドクリームのような匂いがして、何をしようとしているのか察した。二人とも子供じゃない。いつまでも躰を弄《いじ》るだけで満足するとは思えなかった。

「や……め、ろ……っ、……やめ……っ」

後退《あとずさ》りしようとするが、後ろには悦司がいて逃げることができない。指は容赦なく蕾を揉み解し、開かせようとする。

こんなこと許されるはずがない。男同士で、しかも兄弟でこんなことをしていいはずがない。一線を越えるのが怖くて必死で暴れようとするが、抵抗など無意味だった。クリームを足された篤志の指は、容赦なく紅の後ろを揉み解していく。

「ああっ、あっ、あっ！」

「駄目だよ、兄貴。暴れたら、怪我《けが》する」

宥めるような悦司の言い方は、まるで聞き分けのない子供に対する台詞《せりふ》だった。イイ子だからおとなしくしなさいと叱る大人のようで、理性的にすら感じた。

とんでもないことをしているのは二人のほうなのに、まるで逃げようとする紅が悪い子なのだと言われているようだ。

けれどもその言い方が、紅の中にある被虐的な部分を刺激していたのも事実だ。叱られながら無理やり躰を開発される状況に、ずぶずぶと嵌《はま》っていく。それを見計らったかのように、指はさらに奥へと、襞《ひだ》を掻き分けるようにして入り込んでくる。

「あっ、……あっ！　やめろっ、やめ……っ！　……っく、──んぁっ！」

篤志の指先が、ねじ込まれた。

クリームを塗り込まれているため痛みはそうひどくはないが、あまりの異物感にどうにかなりそうだ。

「ぁ……っく」

紅は、無意識のうちに固く閉じた蕾を収縮させていた。本当に出ていって欲しいのかと笑われそうなほど、卑猥《ひわい》にひくついているのがわかる。

篤志の指はゆっくりと出ていったが、安堵《あんど》した瞬間再び中にぬるりと入ってきて、紅は目を閉じて唇をわななかせた。

「はぁ……、やめ……、……あぁ……、……駄目、だ……、も……」

「兄貴の中、すげぇ熱い。指に吸いついてる」

指はゆっくりと入り込んできて、また出ていく。そして悦司もまた、太股に手を這わせながら双丘を両手で摑み、篤志の指が入っては出ていくのを指先で確認している。

見なくても、篤志とは違う指が蕾に触れるとすぐにわかった。篤志が出ていったのと入れ替わるように、悦司の指も時折入り込んでくる。

「ぁあっ！」

「もっと解さないと傷つくから、我慢してくれ」

「んぁあ、……ぁ……っく、……くぅ……っ、……ひ……っく」

なすがままだった。

二人の指が、交互に出入りする。クリームをどんどん足され、蕾は柔らかく解れていった。

二十本の指によってたかって嬲られていると、感覚などなくなってきて熱と愉悦に包まれる。

紅のそこは、男を咥《くわ》え込むための性器のようになっていた。

二人に弄られているということが、紅の躰をより敏感にさせていたのも事実で、尻の周りはクリームでぬるぬるになっている。

「こっちも、して欲しい？」

勃《た》ち上がった中心をなぞられた瞬間、張りつめたものが『出してしまいたい』と切実に訴えた。悦司の手に包み込まれると、屹立は瞬く間にその先端から透明な蜜を溢れさせて泣き濡れる。

「ぁあ、あ、あっ」

「兄貴、欲しがってるみてぇだ」

篤志がポツリと呟いた。そんなはずはないと言おうとしたが、今の状態でそんなことを言っても無意味だと唇を噛む。

「俺が先でいいのかよ?」

「ああ、フライングしたのは俺だ。お前に譲るよ」

「……っく」

どうしてお前が許可するんだと言いたかったが、言葉にはならなかった。太股の下に篤志の膝を入れられ、屹立の先端をあてがわれる。

「——痛ぅ……っ、あ、篤志……、——待……っ、……やめ……っ」

先端をねじ込まれただけで、引き裂かれるような痛みに襲われた。嫌だと必死で首を振るが、悦司が髪の毛に唇を押し当ててきて、優しく言う。

「痛くない、じっとして」

「……ぁ……っ、……ぁあっ」

「ほら、兄貴。じっとして」

宥められ、小刻みに躰を震わせながら痛みに耐えていると、篤志がゆっくりと押し入ってくるのがわかった。

「あ、……っく、……篤志っ、……頼む……、篤志っ、篤……、——ぁぁああ……っ！」

熱の塊は、容赦なく紅を引き裂いた。

（あ……、誰、か……）

霞《かす》む意識の中で、啞然《あぜん》と現実を嚙み締める。

信じられなかった。弟を尻で咥え込んでいる事実から目を逸らしたかった。しかし、後ろに感じるのは紛れもない篤志のもので、質量のある熱の塊は確かに自分の腹の中にいるのだと思い知らされる。

あんなところで男を咥え込むなんて、許されるはずがない。しかも弟だ。弟とセックスしていいはずがない。

「んぁ……」

ため息にも似た熱い吐息とともに溢れたのは、涙だった。

それが零れたのは、痛みのせいではない。とうとう最後の一線を越えてしまったという取り返しのつかない事実に、混乱していた。

これで、本当に兄弟には戻れないと思った。大事なものを永遠に失ってしまった気がする。中学の頃に両親を失い、それまで以上に二人の弟は大事な家族になったのに、これまでずっと護ってきたのに。

ずっと、大事にしてきたのに——。

どうしてこんなことをするのだと、二人を問いただしたかった。責めて、なじって、怒りをぶつけたかった。

それなのに、一方では覚えさせられた快楽に味をしめた自分がいる。こんなに美味《おい》しいものだったのかと、熟した果実の甘い芳香に夢中になり、なりふり構わずそれにむしゃぶりつこうとしているのだ。

これほど大事にしてきたものを失ってしまっても、欲深い部分を隠しきれない自分が嫌になる。

「あ……、すげ……」

篤志の口から、熱い吐息が漏れた。根元まで深々と埋め込まれたそれが、中でドクンとひときわ大きく脈打ったのがわかる。

「すげぇ、締まりだ。……兄貴、やば、い、……すぐ、イッちまいそうだ」

言いながら、篤志はゆっくりと腰を引いた。屹立が中から出ていく感覚はなんともいえず、痛みとも苦痛ともつかない感覚に眉をひそめて耐えることしかできない。

「んぁっ」

「兄貴、たまんねぇよ」

「あぁ、んぁっ、……ぁあ、……く、――んぁぁ……」

「……っ、兄貴っ」

獣じみた荒っぽい吐息を漏らしながら、徐々にその腰つきはリズミカルになっていく。肌と肌がぶつかり合う音がして、浅ましい行為の音に包まれた紅は五感のすべてを二人に掌握されていると感じた。

自分のすべてを、二人に握られていると……。

「そんなに篤志のがいいの？」

「ん……」

「篤志にばっかり、集中しないでくれ、兄貴」

耳の後ろに唇を押しつけたまま嫉妬心を覗かせる悦司に責められているような気分になり、自分がこの行為にどれだけ夢中になっていたのかを思い知らされる。

悦司の指は、はしたなく弟を咥え込む紅を確かめるように、繋がった部分をなぞっている。収縮しているのも気づいているかもしれない。出し入れされるたびに、女の性器のようにひくひくと悦んでいる躰を指で確かめられているかもしれない。

見ないでくれ——紅は、声にならない訴えを心の中で何度も繰り返した。

「やば……、出そ……」

「篤志。兄貴の中に、出してやれよ」

「ああ。もう……限界、だ……っ、……ぁ……っく」

動物の唸《うな》り声にも似た篤志の熱い吐息が聞こえたかと思うと、篤志は激しく腰を打ちつけ始めた。それに合わせるように悦司の手が、紅の中心を擦り始める。

「ぁあっ、悦司……、待……っ、ぁあっ、……駄目、だ……、やめ……」

「いいよ。篤志と一緒にイッて」

クリームを塗った手でぬるぬるとマッサージされ、躰は高みへと向かわされた。そして、篤志の屹立が自分の中で激しく痙攣したのがわかった途端、紅も限界を超える。

「んぁ、あ、あっ、——んぁあああ……っ！」

下腹部を震わせて白濁を放つと、頭の中が真っ白になった。

ドクンドクンと、胸の奥で心臓が大きく躍っている。すぐには収まらず、放心していることしかできない。

「兄貴、すごく綺麗だった」

耳元で囁かれた悦司の声は、欲望に濡れていた。まだ収まらぬ篤志の屹立を自分の奥に感じながら、眉をひそめる。

「悦司。次は、お前だ」

篤志が言うと、紅の躰はびくんと反応した。それはこれ以上続けられることへの恐怖からなのか、それとも甘い期待からなのか——。

（そんな、はず……、な……）

目頭が熱くなり、溢れた涙が頬を伝って落ちるのを感じた。

シャワールームに連れてこられた紅は、再び始まった凌辱に小刻みに息をしていた。

「……ぁ……、……はぁ……っ、……ぁ……っく」

床のタイルに膝をつき、壁に手をついた状態で篤志と悦司に前と後ろから嬲られ、正気を失いそうになっている。

篤志は紅の前に座り、中心をマッサージしながら紅の胸板に唇を這わせていた。弱い部分には触れようとはしないが、叩きつけられるシャワーのお湯が躰を撫でていくため、全身を愛撫されているようだった。また、悦司は後ろに跪き、紅をじっくりと味わおうとしているかのように屹立を押しつけながら尻を撫で回し、首筋や耳朶を甘噛《あまが》みする。

勢いよく出るシャワーの音は、まるで獣と化した三人の吐息を掻き消そうとしているようだったが、倒錯した行為に夢中になった者のそれは完全に消すことはできない。

「んぁ、あっ……、……篤志……っ」

一度篤志を咥え込んだまま絶頂を迎えたというのに、紅の躰はリセットされたかのようにまた新しい快楽に夢中になっていた。屹立を篤志に愛撫されながら、後ろから悦司の屹立を擦り

つけられ、一から愉悦を注がれていると、理性などいとも簡単に溶けてなくなってしまう。

篤志に尖らせた舌先で突起の周りの柔らかい部分を刺激されると、紅は鼻にかかった甘い声を漏らさずにはいられなかった。

そこ。そこ。

口には出さないが、紅は何度もそう訴えていた。許されざる関係だとわかっていながら、溺《おぼ》れずにはいられない。まるで麻薬のように、一度その味を覚えたら忘れることなどできない。崩壊するまで、求め続けるだろう。

それ以外のことが考えられなくなり、頭の中は二人のことでいっぱいになる。

二人にいっぱいにされることで、頭の中が占められる。

(誰か、誰か……、誰か……助けてくれ)

悦司の手が重ねられ、愛撫するように指を絡まされた。男らしく大きな手は、いつもメガネを押し上げる悦司の手に他ならない。

少し神経質そうだが、理知的で大人びた悦司の手だ。そんな悦司がこんなことをするなんて、信じられなかった。

「兄貴、少し……腰、落として」

「あっ!」

促されるまま腰を落とすと、篤志は自分と紅の屹立を一緒に握り込んでゆっくりと上下に手を動かし始める。篤志の手の中に納まりきらない二つの欲望が頭を並べているのを見て、なんて卑猥な光景だろうと思った。

男同士の行為を見ても、嫌悪感を抱かない自分はどうかしてしまったのだと思い知らされる。

「悦司。そろそろ、挿れてやれよ。もう十分潤ってる」

恥ずかしいことを言われ、唇を噛んだ。そんなはずはないと言いたかったが、口にすれば虚しいだけだというのもわかっている。

篤志の言うとおり、いつでも男を咥え込んで身も心も潤っているのは間違いない。

「兄貴、少し解すよ？」

「あっ！」

あてがわれた悦司の指に、身構えてしまうが、それ以上に感じるものがあった。一度男を喰らった獣は、禁断の味を忘れることができずに男を求め、すぐにむしゃぶりついてしまう。

悦司の指が蕾を軽く探っただけで熱は一気に高まり、腰を後ろに突き出すようにしてしまうのを堪えきれなかった。もっと弄って、拡《ひろ》げて欲しくて、躰を反り返らせる。

「ぁあっ、……ぁあ、……ぁ……っく、……ん、……んぁあ」

ゆっくりと、だが次第に指は紅の中を卑猥に掻き回して蕾を拡げていった。

「……ぁ……、兄貴、……俺の、……欲しい？」

耳朶を噛まれ、屹立をあてがわれる。逃げようと膝立《ひざだ》ちになって腰を浮かせようとするが、腰に添えられた篤志の両手がそれを許さない。

「ほら、逃げないで」

悦司の欲情した声に全身がわななき、そして熱の塊が入ってくるのがわかった。じわじわと掻き分けるように、中へと侵入してくる。

「んぁあ……っ、あっ、あっ、……悦司……、悦司っ、――んぁああ……っ！」

いきなり根元まで収められ、紅は震えながら腹の奥で悦司の存在を感じていた。

悦司が自分の中にいる――そう思っただけで、悦びに濡れる。ただ咥え込まされているだけでは足りずに、次を求めようとしているのが自分でもわかった。

動いて、掻き回して欲しいというはしたない欲望はとめどなく溢れ出てきて、紅の本音を吐露する。

「――はぁ……っ、……兄貴……っ、……すご……い、……まさか、こんな……」

苦しげだが、欲望に濡れた悦司の声は男らしい色香に溢れていた。それに触発されたように、紅もいっそう獣へと変貌していく。

「兄貴の中、たまんねぇだろ？」

「ああ、すごい。こんなに……熱い、なんて……、……っく」

「なぁ、兄貴。俺と悦司のが、兄貴の中で混ざるよ」

指で唇を撫でられ、震えながら篤志のキスに応じた。

「——ん……っ」

優しくて情熱的なキス。

くぐもった篤志の吐息は、興奮を抑え込んでいるようでもあった。

舌が入り込んできて、口内を嬲られる。頬に手を添えられ、さらに深く口づけられると紅も篤志のキスを求めた。

甘い蜜を求めるかのように舌を差し出してしまう。

「ぁ……、……そんなに、締めつけないでくれ……、兄貴」

「んっ、……ぅん、……ぁ……」

「……そんなに、締めつけられたら、すぐに……イッてしまいそ……だ」

「……んぁ……っ、ぅん……、ん、んんっ、……んぁぁ……、ぁ……ん」

「兄貴、好きだよ。……兄貴、好きだ……、愛してる」

首筋に唇を押し当てたまま何度も呟く悦司の声は、すがりつく者のそれだった。紅の自由を奪い、征服しているともいえる状況だというのに、主導権はまるで紅にあると言いたげだ。

悦司の動きが次第にリズミカルになっていくと、紅の限界もすぐそこまで迫ってくる。

「ぁ……っ！　あっ、……んぁ……、……ん」

躰を反り返らせ、腰を突き出して悦司を深々と咥え込んでしゃぶりながらも、篤志の舌に促されるまま熱い口づけを交わした。

「ぁあっ、あっ、……はぁ……っ、んぁっ」

情熱的なキスに酔いしれながら、後ろを犯す悦司にも夢中になってしまう。

二匹の獣に喰らわれる倒錯じみた行為に、紅は正気を失っていた。


目を覚ますと、紅はベッドの上だった。

手足の拘束は解かれたままだが、今は動くことなどできない。ただ泥のように眠ってしまいたかった。眠っている間は、この現実から目を逸らしていられる。

しばらくうとうとしていたが、部屋の外で人の気配がした。うっすらと目を開けてドアを見ていると、それが開いて篤志と悦司が入ってくる。同時にいい匂いが漂ってきて、食事が運ばれてきたのだとわかった。

「兄貴。飯持ってきた。レトルトだけどさ」

篤志が持っていたトレーの上には皿とスプーンとミネラルウォーターが載せられていた。皿の中身はトマト風味のリゾットのようだ。紅が時々買ってくるもので、匂いに覚えがある。

紅が好んで食べるものを選ぶところに、二人なりの優しさを感じた。あんなことをした二人だが、紅に対して抱く気持ちが愛情であることに変わりはない。

それが兄弟の域を越えたものでも、紅を傷つけようと思ってしたことではないのだ。

けれども、二人の暴挙の原因が行き過ぎた愛情だとしても、今は食べる気なんかしない。

「喰わねぇと、躰壊すだろ」

黙って首を振ると、篤志はトレーを机の上に置いて再び戻ってくる。そして、紅の頭をそっと撫でて優しく囁いてきた。

「ハンガーストライキするつもりかよ？」

無反応でいると、二人は諦めたような目をする。

「いいよ。食べないなら、俺らも食べねぇから」

「兄貴、好きだよ」

二人はベッドに上がり、紅を挟んだ両側に横になった。まるで主に寄り添う犬のように躰を寄せてきて、鼻を擦りつけるようにして抱きついてくる。

自棄《やけ》になっているのがわかった。自棄にでもならなければ、こんなことはできないだろう。

追いつめられた二匹の獣は、行き場もなく、少しでも紅とともに過ごそうとしている。

悦司が肩口に顔を埋めてくると、篤志が手を重ねてきて指を絡ませてくる。

自分を凌辱した相手だというのに、二人に寄り添われて感じるのは温かい気持ちだった。どうしてこんな気分になるのだろうと思う。双子の弟たちに代わる代わる犯されている現実から目を逸らしたいのかもしれない。

気が狂わないよう、感覚が麻痺《まひ》しているのかとも思った。正気を保つために、無意識のうちに自己防衛本能を働かせているのだと。

それとも、すでに正気を失っているのだろうか。

篤志と悦司に寄り添われて横になっているが、本当はここは病院の一室で、拘束服に躰を包まれて二人の夢を見ながらベッドに横になっているのかもしれない。紅に注がれているのは篤志と悦司の熱い視線ではなく、無機質な監視カメラのレンズだ。

(何が……現実、なんだ……)

触れているものですら本物だと信じられず、けれども篤志と悦司の存在をこれ以上近くに感じたことはなく、不思議な気持ちに包まれていた。

(昔に戻ったみたいだ)

子供の頃、こうして三人で寝たことが何度かあった。怖いテレビを観た時だ。両親に忠告されるが、怖いもの見たさでついつい三人で観てしまうのだ。そのあとは、必ず誰からともなく一緒に寝ようと言い出して、紅の部屋に集まった。

あの頃は、シングルベッドでもなんとか三人で寝ることができた。

寝相が悪い篤志を壁際にし、紅が真ん中、紅を挟んだ篤志の反対側に悦司が寝るといった具合だ。三人でギュウギュウになって眠るのはあったかくて、楽しかった。

もう少しつめろ。あっちにずれろ。こっちのほうが狭い。

足で小突き合いながら、クスクスと声を殺して笑うのは夜更かしの醍醐味《だいごみ》だ。両親が足音を忍ばせて様子を見に来ると狸寝入《たぬき》りを決め込んでやり過ごした。

もうベッドを二つ並べないと三人で寝られないほど大人になった。篤志と悦司に身長を抜かれ、体格でも目を見張るほどの差をつけられ、我が弟ながら見惚れるほどの男に成長した。

それでも弟だ。大事な存在だ。

こんなことをされても、その気持ちは変わらない。

二人に挟まれて眠るのは心地よく、まどろみの中に身を任せた。見慣れた天井を眺めながら、どうして二人は実の兄である紅にこれほどの執着を見せるのだろうと思う。

そして、紅の脳裏にある記憶が蘇《よみがえ》った。今まで忘れていたが、二人の紅に対する気持ちがすでに兄弟のそれを越えていたと想像できるものだ。


その日、紅はいつもより早く専門学校から帰ってきた。駐輪場に自転車を停《と》め、スーパーで買ってきた食材を抱えて部屋に向かう。

エントランスを潜ろうとした時、マンションの駐車場に立っている篤志の姿があるのに気づいた。声をかけようとしたが、その前にもう一人誰かがいることに気づいて思いとどまる。

篤志の前に立っていたのは、同じ高校の制服を着た女の子だった。サラサラの髪の毛をした可愛い子で、俯《うつむ》き加減で篤志の前に立っている。

紅は自分のカバンの中のチョコレートの存在に、篤志も自分と同じように女の子から告白されているのだと悟った。紅は義理チョコから本命まで、いくつか貰った。篤志と悦司が毎年自分以上にチョコレートを貰っていたが、一昨年からぴったりと持って帰らなくなったのを思い出す。

断っていると聞いていたが、それはなぜだろうと思い、物陰から様子を窺《うかが》うことにした。

「あの……これ……」

思っていたとおり、彼女は持っていたカバンの中からリボンのついた包みを取り出してみせた。紅のところから顔は見えないが、恥ずかしそうにしているのが後ろ姿からもよくわかる。

篤志と目を合わせることができず、彼女は俯いたまま包みを差し出した。

「私が作ったの。真田君に食べてもらおうと思って。本命だよ」

篤志はすぐに受け取らなかった。差し出された包みをじっと見て、つまらなそうな顔で言う。

「ふーん、手作り?」

「へ、変なものなんて入ってないから。ちゃんと真面目に作ったの。ずっと……好きだったから」

決死の告白だったのだろう。声が段々小さくなっていくのに、彼女がいかに本気なのか伝わってきた。顔すらまともに見たことのない相手だが、自分の弟を好きでいてくれているのかと思うと好意的な感情が湧き上がる。

けれども、篤志は何も言わなかった。

「な、何か言ってよ、真田君」

「俺、篤志だけど?」

「え……っ」

篤志の言葉に、紅も驚きを隠せなかった。そっちか……、と思い、なんて迂闊《うかつ》な子だろうと呆《あき》れる。相手を確かめもせずにいきなり告白するなんて、そんなに緊張していたのかと思うが、そうではなかった。

「でも、さっき悦司君のほうだって」

その言葉を聞き、悦司を訪ねて来たにもかかわらず、篤志がわざと出てきたのだとわかった。昔から二人が入れ替わって周囲を騙《だま》す悪戯《いたずら》はしてきたが、さすがにこれはやりすぎだ。

「なんでわかんねぇの? 悦司が好きなんだろ?」

「だって、悦司君を呼んで出てきたから、悦司君だって思い込んでたし」

「兄貴はわかるよ」

「そんなの、兄弟だからじゃない!」

つまらなそうな目で彼女を見る目は冷めていて、紅が知っている篤志とは思えなかった。

そしてその時、物陰から悦司が出てきた。悦司は全部見ていたようで、彼女にゆっくりと近づいていく。

「俺が頼んだんだ。篤志に出てくれって。俺じゃないって見破ってくれたら、チョコレートを受け取ってもいいって思ってさ」

「――っ！」

悦司の言葉に、彼女は弾《はじ》かれたように踵《きびす》を返すと走り出した。手作りだと言っていたチョコレートの包みを抱えて逃げるように帰っていく姿が、可哀想でならない。

そんな彼女の姿を見てもなんとも思っていないようで、二人は何事もなかったかのようにマンションに入ろうと紅のいるほうに向かってくる。

そして、紅の存在に気づいて足を止めた。

「……兄貴」

「み、見てたのかよ」

紅は無言で物陰から出ていくと、一直線に二人に向かった。

「お前ら何様だ！」

いきなり二人の頭を手で思いきり叩いてやる。怒りで頭に血が上っていたこともあり、手加減なんてしない。

「あの子に謝れ！」

「どうしてだよ！　俺と悦司の区別もつけられないのに、好きとか言うからだよ」

「お前らが騙そうとしたんだろ。だったら仕方ないじゃないか」

「仕方ない？　仕方ないなんて言うな！」

「父さんや母さんだって騙されたことあったじゃないか。お前らは、父さんや母さんのことまで侮辱する気か！」

紅の言葉に、二人は一瞬口を噤《つぐ》んだ。

どんなに愛してくれていたか、二人はわかっていたはずだ。疑う余地がないくらい、両親には愛情を注がれたのだ。

それでも間違えることはある。それほど二人は似ているのだ。

「見分けがつけられなかっただけで気持ちまで疑うことはないだろ」

「父さんと母さんは別だ。見た目だけしか俺たちのことを見ない奴らとは違う」

挑むような目をしながら冷静な口調で言う悦司に、責められている気分だった。女の子にひどいことをしたのは二人だが、傷ついているような顔をしている。

「そうだよ。それに、兄貴はわかるじゃねぇか。兄貴は、完璧《かんぺき》に見分けてくれる」

「だからってな！」

「俺らの気持ちなんて、兄貴にはわかんねぇよ。完璧に俺たちを見分けてくれる人じゃなきゃ、好きになんかなれない」

二人がかりで喰ってかかられ、紅もさすがに口を噤んだ。思いつめたような二人の目に、圧倒されてすぐに言葉が出ない。

「どうして兄貴はわかるんだよ！」

「し、知るか」

「どうしてわかるんだ！」

なぜそんなにこだわるのかと聞きたくなるほど、二人は真剣だった。

すっかり忘れていたが、あの出来事は稀《まれ》に見る事件だったと言える。

周りにめずらしいと言われるほど仲のよかった三人だが、あの時は、丸三日間口をきかなかった。女の子の気持ちを考えると、簡単に許そうという気にはなれなかった。

けれども二人の気持ちがわからないでもなかった。両親ですら間違うほど似ている一卵性双生児の二人が、自分たちを完璧に見分けられる人間を特別だと思うのは当然のことなのかもしれない。

『どうして兄貴はわかるんだよ！』

あの時向けられた二人の思いつめたような目を思い出して、ポツリと呟く。

「どうしてわかるんだろうな」

自分でもわからなかった。どうして二人を見分けられるのか、説明なんてつけられない。

でも、わかるのだ。

どんなに二人が紅を騙そうとしても、わかってしまう。直感で見分けてしまう。

自分の両側に篤志と悦司の存在を感じながら、紅は切なさに胸が締めつけられた。

(だって、わかるんだよ。……わかるんだ)

涙が出た。

なんの涙なのか、自分でもわからない。けれども、涙は止《とど》まることなく、紅の頬を濡らし続けた。


ここに監禁されて、何日が経っただろう。

紅は、ベッドに躰を横たえたままぼんやりとそんなことを考えていた。目はアイマスクで覆われており、手にはそれぞれ別のレプリカの手錠がかけられている。紅の腕に掛けられた手錠のもう一つの輪にはロープが巻きつけてあり、それはマットレスの下に伸びていて、格子状の板に括りつけられているようだ。

（今日は、何日なんだ……）

思い出そうとするが、頭がぼんやりしてよくわからない。

三日目くらいまでは、ちゃんと数えられていた。しかし、繰り返される凌辱に記憶は曖昧になり、四日目以降の感覚がはっきりしなくなった。外から聞こえる物音から今が昼なのか夜なのかは予想できるが、それがわかったところでなんの意味もないほど、時間の感覚はなくなっている。

また、食べ物もずっと口にしていなかった。篤志と悦司は何度か食事を運んできたが、食べる気にはなれなくて水だけを摂取している。

けれども、空腹感はまったくなかった。二人も諦めて食事を運んでくることはなくなったが、自分たちだけ食べている様子もない。一度逃げ出そうとしたことがあったからか、二人はほとんどこの部屋にいて、紅の傍に寄り添っている。

しかし、すでに逃げ出そうという気持ちすら失っていた。手の拘束は随分緩く、かなり自由はきいたが、されるがまま従っている。

それは単に体力や気力の問題ではない。何日もここで二人に愛されていると、この狭い空間が自分の世界のような気がしてくる。ここが自分のすべてだと思えてきて、生まれた時からずっとここにいるような気さえしてくるのだ。

弟たちに代わる代わる愛され、これまで味わったことのない愉悦の味を教えられ、頭がおかしくなってしまったのかもしれない。このままこの狂った世界の住人になってしまったほうが楽だという気がしてくる。

この甘く切なく、そして官能的な空間に身を置いていると、いっそのことどっぷりと浸かって死ぬまでここに身を置いていたくなる。

そんなことを考えていると、ドアが開く音がして誰かが入ってきた。気配は一人だったが、すぐにまたもう一人入ってくるのがわかる。

声をかけられるかと思ったが、二人とも無言でベッドに近づいてきた。

一人が先にベッドに上がってきて、マットレスが沈む。紅の右側に感じる人の気配はしばらくじっとしていたが、放り出していた腕の内側をそっと撫でられる。

（篤志……）

触れられた瞬間、すぐにわかった。

なぜわかるのか、自分でも説明できない。けれども今、自分の肌に触れているのは篤志の手だとわかる。視界を遮られ、声も聞かされていないが、それでも篤志だと確信した。

そちらに顔を向けると、指で頬を撫でられる。

「ぁ……っ」

唇を重ねられて、素直にキスに応じた。

舌が入り込んできて、口内を優しく嬲られる。心が蕩けるようなキスだった。次第に夢中になり、自らも舌を絡ませて熱い吐息を漏らす。

「んぁっ、……ぅん……、……んっ」

唇が離れた瞬間、キスの相手の名を口にした。

「篤志」

腕を愛撫するようになぞっていた指先に、ピクリと動揺が走ったのが伝わってきた。当たっているのかどうか答えてくれなかったが、間違いない。

そして、もう一人の気配は足元へ回り込み、今度はそちら側のマットレスがゆっくりと沈んだ。キスはふくらはぎに落とされ、手でそっと撫でられる。

「ぁ……っ」

キスは足の甲へと移動していき、くるぶしに歯を立てられた。ビクンと躰が跳ねると、今度は指を口に含まれる。

「――悦司……っ、どこ……舐め……、――ぅん……っ、……ん、……んんっ！」

身を捩らずにはいられないほどの快感だった。舌は指先や指の間を這い回って、紅がまだ隠しているものを引き摺り出そうとしている。意識がそちらに向かうのを阻止するように、より深く口づけてくる篤志のキスも紅を狂わせていた。

散々二人に嬲られ、散々暴かれたというのに、まだ紅本人ですら知らないものが眠っていないか探っているのがわかる。

これ以上、何を見せろというのだろう。

これ以上、何を曝せというのだろう。

そう思うが、紅は自分の奥で何かが目を覚ますのを感じた。嫌というほど己の貪欲さを見せ付けられたというのに、お前の欲深さはそんなものではないというように、より深い欲望を抱いたものが頭をもたげようとしている。

「ぁあ、……ぁ……ん、……んぁあ……、ぅん……っ、……んぁ」

篤志の唇が離れていくと、悦司も愛撫をやめ、にじり上がってくる。そして、今度は悦司の唇が重ねられた。

「ぅん……っ」

先ほどとは違う唇。はっきりとそうわかる。

この数日間で思い知った。双子でもこれほど違うのかというほど、明確な違いがある。

悦司の愛撫は意地悪で、篤志の愛撫はとてつもなく優しい。篤志の唇は紅の反応を見ながら探るようについばんでくるが、悦司の唇は有無を言わさず紅を翻弄《ほんろう》する。

普段の性格とは逆だ。優しく包み込むように自分に接する大人びた悦司のほうが強引な愛撫をしかけてきて、普段強引なところがある篤志のほうが優しい愛撫で取り込んでいく。

「はぁ……っ、んぁ、……あぁ」

篤志の愛撫は首筋へと移動し、鎖骨から胸板へと降りていった。篤志の柔らかい舌を感じながら、触れられるかもしれないという甘い期待に、紅は敏感な胸の突起を硬く尖らせずにはいられなかった。

「んぁあ、……ぁ……ん、……んっ、……く……っ！」

悦司のキスに酔いしれる紅を叱るように、篤志の唇が胸の突起を捕らえた。肌がざわつき、歓喜しているのが自分でもよくわかる。二つの敏感な突起はよりいっそう硬く尖って、篤志の唇や舌の愛撫を待ち焦がれている。

「……篤、志……、悦司……っ、もう……や……めて……、……くれ……」

紅は絶え間なく注がれる愉悦に溺れながら、声にならない声で訴えた。限界だと、これ以上は無理だと。

しかし、それもすぐに嘘だと気づかされる。

悦司に手の指を噛まれ、紅は自分がまだ欲望を貪ることができると悟った。どんなに言葉で否定しようとも無駄だ。心は悦びに打ち震え、中心は張りつめて雫《しずく》を溢れさせながら全部白状している。

「ぁあっ、……はぁ……、……ぁ……あっ」

無言で自分を貪る二匹の獣に身を差し出し、二人を感じようと自分の躰に施されていく愛撫に集中した。どちらの手なのか、全部わかる。

「んぁ……、……はぁ……っ」

愛撫に溺れながらも、紅は自分に触れるものがどちらなのか一つ一つ確かめていった。

左手を押さえている手は、悦司のだ。右の脇腹を、悦司の手がそろそろと撫で上げる。今、左のあばら骨をなぞるように触れていったのは篤志で、悦司が指を絡ませている左手の手首を、篤志が噛んだ。肘《ひじ》の内側に悦司がキスをする。

見えないせいで、感覚が研ぎ澄まされていくようだった。

視界を遮られていても、自分を貪る二人の姿は鮮明な映像となって紅の脳裏に映し出される。指先も、唇も、すべてどちらのものか判別できる。

二匹の獣は誰にも邪魔されることなく、捕らえた獲物を自分のテリトリーに運んでじっくりと食事を愉《たの》しんでいた。食物連鎖の中にいる者がより強い者の餌食《えじき》となるのと同じように、二人にこうして抱かれることが当然だとすら思えてくる。

うつ伏せにされ、指が後ろに伸びてくると、紅はそれすらもどちらのものか心の中で確かめていた。

悦司の指だ。

軟膏のようなものが塗られていたため、蕾はすぐに指に吸いついた。二人の味を覚えてしまった蕾は悦司を待っていたというように熱くなり、早く欲しいと卑猥に収縮を始める。

「あ……っく」

目の前のマットレスが沈み、尻を高々と上げた状態で上を向かされる。唇を優しくなぞる指は篤志のもので、屹立を咥えてくれと誘導された。

篤志の匂い。

なんの迷いもなく促されるまま篤志を口に含んだ紅は、罪深い口づけに昂ぶらずにはいられなかった。

実の弟に尻を嬲られながら、もう一人の弟の屹立をしゃぶっている。

「は……っ、……っく、……兄貴……、……そんなに……、俺の……美味しい、のかよ……？」

興奮した篤志の呟きに、尻が疼《うず》いた。はしたない姿を二人に曝していると思うほどに被虐的な気持ちになり、夢中でしゃぶりつく。

「篤志ばっかりしゃぶらないでくれ」

「ぁ……っく」

指を二本に増やされ、耳元で悦司の熱い吐息を聞かされる。

「そんなに夢中でしゃぶってるのを見ると、嫉妬する」

左手の手錠が外された音がした。

ベッドの下に跪くよう促されて従うと、篤志と悦司は入れ替わり、悦司がベッドに座って紅の唇を自分の中心へと誘う。

「うん……っ」

求められるより先に、紅は悦司を口に含んでいた。

その形を舌で確かめ、舌を這わせる。丹念な愛撫に悦司も息をあげ、篤志はその様子に触発されたかのように紅の後ろに跪いてあてがい、挿入してくる。

「……っく、……ぁ……っく、……ぁあ……っ」

篤志を自分の中に感じて歓喜の声をあげると、悦司に顎《あご》に手を添えられ、もう一度口に含むよう優しく言われた。

「駄目、兄貴。やめないで」

「はぁ……っ、あぁ、……ぅん……っ、……んっ」

促され、もう一度しゃぶりついて舌を遣う。悦司の視線を感じながら、唇をなぞる指にも舌を這わせ、ゆっくりと自分の中をかき回す篤志の熱にも気持ちを集中させた。

狂ってしまいそうだ。

「兄貴……っ、好きなんだ。……兄貴。……誰にも渡したくねぇんだよ」

「篤志……っ」

篤志の手が紅の中心に伸びてきてぎゅっと握られると、一気に高みがやってきて、紅はイきたいと心の中で訴えた。それがわかったのか、篤志は腰を激しく打ちつけてくる。

そして悦司も、自分の屹立を握って紅の舌に載せたまま、手の動きを速めた。

アイマスクを外されて悦司と目が合い、堪えていたものが限界を超える。

「んぁ、……ぁあ、あ、あっ、――ぁぁあああ……っ！」

紅が絶頂を迎えると、篤志の迸《ほとばし》りを奥で感じた。悦司は紅がイく寸前に口から屹立を引き抜き、白濁が顔に放たれる。

腹の中で篤志のを、そして顔で悦司を受け止めた紅は、虚《うつ》ろな目で息をしていた。

「……兄貴、綺麗だ」

顔に放たれた白濁を指で拭《ぬぐ》って口へと運ばれると、紅は放心しながらも指についたものを舐めた。全部拭ってもらうまで続け、ベッドに戻される。

まだ終わらないのは、なんとなくわかっていた。二人の欲望はまだ収まらない。

これ以上愛されたら、毀《こわ》れてしまう。

紅はそんな思いに取りつかれていた。

心が毀れてしまう。忘れられなくなる。麻薬に溺れた中毒患者のように、そのことで頭がいっぱいになり、二度と現実には戻れなくなる。

そんな恐怖に取りつかれるが、同時に別の想いも芽生えていた。

ずっとこのままでいたい。ずっと二人に愛され、二人の放つものを浴びせられ、ずっと夢の中にいたい――。

その日、紅はこれまで以上に二人に愛された。代わる代わる挿入され、躰の隅々まで余すところなく愛され、放った欲望の証を呑み、呑まれた。

あまりの快楽に何度も気を失ったが、目を覚ましてはまた愛される繰り返しだった。

そして、明け方。

もう何度気を失ったかわからないほど愛された紅は、何かの物音に気づいて目を開けた。

篤志と悦司は傍にいたが、ベッドから降りていくのがわかる。

なぜかこれまでと違うものを感じ、手を伸ばして二人を呼んだ。

「篤志？　……悦司？」

それに応えるように手が伸びてきて、頬を撫でられ、手を握られる。なぜか、二人が消えてしまいそうな気がした。別れの気配を感じた。

行くな……、と言おうとしたが、心地よい疲労の中でそれは言葉にならないまま紅の中で消えてしまう。

「兄貴、ごめんな。こんなこと、するつもりじゃなかったんだ」

まるで今感じた別れの気配が気のせいでないというような篤志の言葉に、胸が締めつけられる。どうしてそんなことを言うのかと思うが、それは声にならない。

「兄貴を傷つけたかったわけじゃない。本当は、護りたかった」

苦しげに放たれた悦司の言葉は、別れの予感をいっそう濃いものにしていた。

そして——。

「さよなら」

震えているのは、篤志の声だ。さらに、悦司の声もする。

「さよなら、兄貴」

行ってしまうのかと思ったが、食事をしていないため体力もなかったのか、起き上がることはできなかった。さらに疲労から来る睡魔に抱かれるように眠りに落ちていく。

二人の弟の手を摑もうとしたが、手は静かに離れていった。


翌朝、目を覚ました紅はすぐに異変に気づいた。手錠もアイマスクも外されていて、拘束するものは一切ない。部屋の外に人の気配はなく、シンと静まり返っている。

「篤志？　悦司？」

なんとか身を起こし、部屋の外へ呼びかけてみたが返事はなく、静けさがことさら身に染みて感じられた。

『さよなら』

意識を失う寸前に聞いた二人の言葉を思い出し、急いでベッドから降りる。二人を捜そうとしたが、ほとんどの時間ベッドの上に寝かされていたため、脚に力が入らなかった。何もないところで躓《つまず》いて膝をついてしまう。

何とか立ち上がって、よろよろと歩いていき、ようやくドアまで辿《たど》り着いた。

ドアを開けると自分たちが生活していたキッチンやリビングがあり、そこは二人の気持ちを知る前と少しも変わらない光景が広がっていた。まるで、紅の部屋で行われたことが夢だったと思うほど、まったく変わっていない。

けれども二人の姿はなかった。

さよなら。

その言葉どおり、二人が紅のもとを去ったのだと思い知らされた。買い出しやちょっとした用事で部屋を空けただけだとは思えない。紅の自由を奪うものは、もうないのだ。

見ると、キッチンのテーブルには紅がよく作った野菜スープが用意されていた。いつもこのテーブルで三人揃って朝食を摂《と》った。ほぼ毎日続けられてきたことだ。

すがすがしい朝の光に包まれた食卓を見ていると、三人で笑いながら食事をしていた様子が浮かんできて、胸に熱いものが込み上げてくる。

「篤志……、悦司……」

二人が自分のために用意してくれたものだと、紅はスープをレンジで温め、一人ぶんの食器が用意された席に座って食事を始めた。

ずっと食べていない紅の躰を心配してか、胃に負担がかからないよう野菜はすぐに形が崩れてしまうほど柔らかく煮込まれていて、味も薄めに仕上がっている。

それをゆっくりとスプーンで口に運び、二人の思いやりを味わった。温かくて優しい味をしたそれは、ジワリと染み渡っていく。

「う……っく、……っ、……ぅう……っ」

涙が零れ、途中で手を止めた。全部食べなければと思うが、あまりに悲しくて食事を続けることができない。

「……篤志、悦司……っ、……ど……して……」

両親も、交通事故により突然自分の前から姿を消した。そして、二度と戻ってはこなかった。

紅の記憶にはその優しさも声の響きも温《ぬく》もりもはっきりと残っているのに、突然消えてしまい、二度と言葉を交わすことも触れることもできない者へと変わった。

記憶の中でしか会えない存在になった大事な家族。

その時と今の状況が重なり、嗚咽《おえつ》を堪えきれなくなる。

こうなるまで、二人が突然自分の前から姿を消すなんて想像していなかった。

もう二度と会えないのか――。

前のように、三人でこの明るい食卓につくことはできないのか。

もう無理なのか。

姿を消してしまった二人に問いかけるが、答える声はない。それがまた悲しくて、紅はスプーンを手にしたまま、震えながら泣き続けた。

「ぅう……、う……っ、……ひ……っく、……篤志、……悦司っ、……ぅ……」

いつも篤志と悦司が座っていた席には何もなく、自分が一人だということを思い知らされた。

4

街行く人々が、寒そうに肩をすぼめて歩く季節になった。

紅《こう》は、林田《はやしだ》が立ち上げた新しい会社で忙しい毎日を送っていた。システムのプログラミングはもちろんのこと、雑用などの仕事も多く、目が回るほどの忙しさだ。

あれから、三ヶ月が経っていた。

新しい環境に慣れるには十分な時間が経っているが、紅の心にはぽっかりと穴が空いていた。自分の一部をどこかに置き忘れてきたようだ。

二人は林田の会社に初出勤する数日前に紅を解放しており、予定どおり引越しを済ませ、林田にも出社する前にちゃんと連絡を取ることができた。

けれども、どうやって引越しをしたのか、よく覚えていない。どうやって新しいマンションで生活を始め、どうやって林田に連絡を取って新しい会社に出社したのかも。

そして何より、なぜ二人が突然紅を解放したのか。それが一番わからなかった。

(ずっと、監禁するんじゃなかったのか)

今思えば、何もかもが夢の中で起きた出来事のように感じる。忽然《こつぜん》と姿を消した二人と連絡を取ろうとしたが、電話をしても出てくれずマンションにも帰っていないようだ。

篤志《あつし》のモデル事務所や悦司《えつし》の会社に行こうと思えば行けたが、さすがにそこまでする勇気はなかった。二人が連絡を取らない理由を考えると、そう簡単に決心がつかない。

心の整理がついていない紅は、会って何をしたいのかすらよくわかってないのだ。

兄弟で男同士という二重の禁忌を犯した相手と、どんな顔をして会えばいいのか——。

わからないまま時間だけが過ぎていき、何も解決しないままここまで来てしまった。

（あいつら、何してるんだろうな）

このままだと、本当に兄弟の縁は切れてしまう。それでいいのかと思うが、快楽に溺《おぼ》れてしまった自分を思い出してしまうと行動に移すことができない。

ぼんやりとパソコンの画面を見ていると、外から戻ってきた林田に声をかけられる。

「ただいま。真田《さなだ》、ちょっといいか」

「え……、はい」

林田に呼ばれ、紅は自分の仕事を中断して立ち上がった。林田の机の前に立つと、難しい顔をしているのに気づく。

「お前、昨日報告するって言ってた仕事の進行状況は？　朝出る前に見たいって俺言ってたよな。帰りにデザインを出しておくって話だったろ？」

林田が指摘したのは、紅が任されていたウェブサイトの大まかなデザインに関することだった。提出すべきものをしていないなんて新人でもあまりしないミスだ。

しかも、つい最近は納期を一週間間違えて危うく先方に迷惑をかけるところだったのだ。それに気づいたのは林田で、指摘されなければ気づかないままだっただろう。

「すみません。すぐに提出します」

「致命的なミスじゃないからいいが、このまま任せて大丈夫か？」

林田の言葉から、信頼を失いつつあると感じた。せっかく引き抜いてくれたのに、こんな情けないことでいいのかと深く反省する。

「……すみません」

ため息を漏らさずにはいられなかった。こんな初歩的なミスをするなんて、どうかしている。頭には靄《もや》がかかっているようになっていて、集中力が保てなかった。

どうしたらこの靄を払いのけることができるのかと思いながら、ここまで騙《だま》し騙しきている。

「どうした？　疲れが出たか？」

林田は腕を組み、椅子《いす》の背凭《せもた》れに躰《からだ》を預けた。説教をするつもりではなく、心配してくれているのだとわかる。迷惑をかけているのに気を遣われ、申し訳なさに拍車がかかる。

「いえ」

「ずっと半在宅だったのに、毎日出社して雑用までさせてるうえに仕事の量も格段に増えてるからな。悪いとは思ってるんだ。慣れないことまで押しつけてる」

「そんなことはありません。それに仕事ですから。俺も大変なのを覚悟で林田さんについてきたんです。そんなことは言い訳になりません。本当にすみません、気合い入れ直して仕事に専念します」

紅が言うと、林田は探るように紅を見上げた。

「何か悩みでもあるのか？」

「そういうわけでは……」

「俺が無理やりお前を誘ったからな。弟たちとは、本当にちゃんと話をつけてきたのか？」

「え……？」

心臓が大きく跳ねた。

何か勘づいているのかと思ったが、けれどもやはり紅の思いすごしだったようで、他意はないようだ。

「ええ、もちろんです」

「だったらいいが……。俺がお前欲しさに無理やり弟たちから取り上げたみたいになってたら悪いと思ってな。両親を早くに亡くして三人肩寄せ合うようにして生きてきたんだろうと思うとなぁ、ちょっと強引だったかと思ってたんだよ」

「本当に大丈夫です。俺こそすみません」

林田は、自分を納得させるように何度も頷《うなず》く。

「今日は残業は切り上げて帰れ。今のまま仕事しても、また失敗するぞ。これは業務命令だ。今日はもう帰って、家でゆっくりしろ。わかったな」

林田なりの思いやりに感謝した。こういうところが好きで、信頼している。だからついてきたのだ。駆け出しだった頃からずっと世話になっている相手だ。ちゃんと恩返ししなければと、今日は素直に言うことを聞くことにする。

「じゃあ、お言葉に甘えて、上がらせてもらいます」

「ああ。お疲れさん」

紅はデスクの上を片づけてから、林田に「お疲れ様です」と声をかけてオフィスを後にした。

会社を出ると、自転車に乗ってマンションに向かった。もうすっかり住み慣れているはずなのに、いまだに他人の部屋に帰っているような感覚が抜けない。過ぎていく風景も見慣れたはずだが、どこかよそよそしさすら感じるのだ。

新しい生活に早く馴染《なじ》みたいと思っているのに、自分の一部がそれに抵抗しているようだ。

マンションまであと十分ほどになると、紅は道を逸《そ》れてよく行くコンビニエンスストアに立ち寄った。自転車を駐車場に停《と》め、中に入っていく。

「いらっしゃいませ」

籠《かご》を取り、弁当とお茶を入れた。明日の朝食用にパンと野菜ジュースも入れる。

このところ自炊をしていなかった。篤志や悦司がいた頃は、三人で食卓を囲む時間が仕事の疲れを癒してくれていたためできるだけ作るようにしていたが、一人で食べるとなると味気がなくて作る気がしない。ガスコンロは新しいままで、お湯を沸かしたりする程度だ。

（いい加減、自分を立て直さなきゃな）

そう思うが、何度こんなふうに自分に言い聞かせても行動に移すことができなかった。頭ではわかっているが、気力が湧《わ》かない。

必要なものを籠に入れて雑誌コーナーを眺めながらレジに向かおうとしたが、紅は足を止めた。目に入ってきたのは、普段は手にしない週刊誌だ。見出しの中に、篤志の名前を見つけて思わず手に取る。

（え……）

週刊誌の表紙には、恋多き女と言われる人気モデルに新恋人ができたという記事だった。相手の男として、篤志の名前が取り上げられている。

思わず手に取り、パラパラとめくった。

記事は、白黒の写真つきで掲載されている。相手の男は篤志だ。ニット帽を深く被《かぶ》っているが、間違いない。

写真は三枚あった。サングラスをした彼女の腰に腕を回してマンションに入っていくものが一枚。車の中で濃厚なキスをしている写真が二枚。どれも、それらしいショットを撮っただけのものとは違うとわかる。

紅は週刊誌も籠の中に入れてレジへ向かい、支払いを済ませて急いで帰った。自転車を停めてマンションの部屋に戻ると荷物を放り出してベッドに座り、一度雑誌を開いて記事を確認する。

（どうして……？）

脳裏をよぎったのは、三ヶ月前に自分の身に起きた出来事だ。

悦司にいきなり告白され、帰ってきた篤志と二人でラグの上で凌辱《りょうじょく》された。代わる代わる愛され、愉悦を注がれ、その凶行はすぐには終わらずさらに監禁されて繰り返し愛された。

男同士というだけでなく、血の繋《つな》がった兄弟という禁忌すら犯し、実の兄に対してあんなことをしたのは、それなりの想いがあったからではないのかと思う。思いつめた結果あんなことをしたのだと……。

それなのに、たったの三ヶ月で忘れられるものなのか。

その程度の思いだったのかと、まるで浮気された女のような気持ちになっていることに気づく。

好きだと言ったのに。

愛していると言ったのに。

何度も抱いたくせに。

醜い感情が次々と顔を出し、紅は週刊誌を閉じると額に手を遣ってため息をついた。

（篤志に好きな相手ができたんなら、それでいいじゃないか）

頭に浮かぶ恨めしげな言葉を打ち消し、週刊誌をベッドに置いて立ち上がった。

買ってきた弁当をレンジで温め、ちゃぶ台について食事を始める。けれども、週刊誌の写真が頭から離れず、携帯を摑《つか》んだ。やめろ……、と自分を止めようとするが、衝動を抑えきれず篤志の番号の入った短縮を押す。

やはり、篤志は電話に出てくれなかった。次に悦司の携帯にかけるが、同じだった。電話には出てくれない。

諦《あきら》めて食事を続けようとするが、一度衝動に駆られるまま行動してしまうと、あとはなし崩しに理性が利かなくなる。

紅は自分を抑えきれず、タクシーを呼ぶと篤志と悦司のいるマンションに向かった。

週刊誌を目の前に叩《たた》きつけて、「これはどういうことだ?」と問いつめるつもりなのかと自問するが、答えはノーだ。

そんなことはできない。するつもりはない。

では、なぜこんな時間にわざわざ二人を訪ねていくのか――。

わからないままタクシーを走らせる。

「ここで下ろしてください」

マンションが見えてくると、紅は支払いを済ませてタクシーを降りた。最後に来たのは一ヶ月ほど前で、鍵《かぎ》を使って部屋に入ったがあの時は誰もいなかった。二人が住んでいるはずなのに、生活感がないと感じたのを思い出す。誰もいない部屋は、たまたま留守をしているのとは違う寂しさを感じた。

しかし、ふと上を見上げると、部屋の明かりがついているのに気づいた。さらにカーテンの向こうで動く人影を見る。

（いるのか……？）

紅は、すぐさまマンションの中へと入っていった。エントランスを潜り、エレベーターに乗って三階に上がる。はやる心を抑えきれず、扉が開くなり飛び出して部屋へと走った。

しかし、中には入ることはできなかった。内側から補助ロックがしてあり、十センチほど開いたところで止まる。

「おい、俺だ。開けてくれ！」

開いたドアの隙間《すきま》から呼びかけたが、返事はなかった。

「いるんだろ？」

何度か呼びかけるとようやく人の気配がし、ダイニングから廊下に出るドアが開いたのが見えた。しかし、出てきたのは篤志でも悦司でもない。見たこともない女性だ。

「あの……っ、ど、どちら様ですか？」

「――っ！」

隙間から見えたのは、パジャマのようなものを着ている姿だ。声から二十代くらいの若い女性だとわかり、覗《のぞ》き込むのをやめた。

「あの……真田紅といいます。篤志と悦司の兄ですが、二人はここにはいないんですか？」

突然、知らない男が部屋の鍵を開けて入ってこようとしたことが彼女を驚かせたようで、玄関まで出てこようとはせず、廊下の一番向こうから返事をする。

「お兄さん？」

「はい。聞いてませんか？　篤志か悦司はいないんでしょうか？」

「いえ、悦司さんはここに住んでますけど、まだ帰っていなくて」

「いつ帰るかわかりますか？」

「さぁ。今日は遅いと思いますけど……」

彼女は、怯《おび》えているようだった。不安そうな声に、これ以上ここで質問攻めにするのはよくないと思うが、どうしても我慢ができず二人との関係を聞いてしまう。

「あの……すみません。失礼ですがあなたは悦司とどういう……」

「ど、同棲《どうせい》してます。恋人なんです。……すみません、お兄さんがいたなんて知らなくて」

兄だと名乗ってもすぐにドアを開けようとはせず、離れたところから会話をするのはそういうわけかと納得する。

悦司は、自分の存在を彼女に伝えていなかった。新しい恋人に兄の存在を教えていないのは、紅とは完全な決別をするためなのかもしれない。おそらく、篤志だけ他に引っ越してしまって、今はここに悦司と彼女が暮らしているのだろう。

躰から力が抜けていく気がした。自分の存在を消されてしまったかのような気持ちになる。二人の中には、自分はもういないのかもしれない。

「すみません。夜にいきなり来て。俺はもうここには帰ってこないので鍵を返しにきただけですから。鍵は郵便受けに入れておきます」

「あの……伝言があれば、伝えておきますけど」

「いえ、大丈夫です。本当にすみません。突然やってきて驚かせてしまったみたいで」

それだけ言い、ドアを閉める。紅は半ば呆然《ぼうぜん》としたまま、三階で止まったままのエレベーターに乗り込んだ。

篤志は人気のモデル仲間と熱烈交際を報じられ、悦司には同棲をしている彼女がいるとわかった。たった三ケ月で、これほど変わっていたことにショックを隠せない。

紅は足を引き摺《ず》るようにしてマンションを出ると、駅のほうへ歩き出した。

駅についてようやく終電が終わっていることに気づいて、全身から力が抜けた。タクシーも見当たらず、ロータリーの中にある二十四時間営業のファストフード店に入り、コーヒーを注文する。

一度座ってしまうと立ち上がる気力などなくなってしまい、ぼんやりとテーブルを見つめたままコーヒーの入った紙コップを両手で包むようにして持っていた。

飲んだのは最初のひと口で、あとはただ冷めていくのを見ているだけだ。

あんなことがあり、この三ヶ月の間ずっと二人について考えていた。悶々《もんもん》とし、悩んできたというのに、二人はすでに新しい一歩を踏み出している。

そう思うとたまらなくて、眉をひそめた。自分だけが取り残されてしまったような気がして、心が苦しくなる。

もう忘れよう——そう思うが、立ち上がることができずに、ただ延々と座っていた。


二人の新しい恋人の存在は、紅をこれまで以上に苦しめることになった。

仕事中も家にいる時も、そのことについて考えてしまう。車の中で熱いキスを交わす篤志の写真や、玄関先で聞いた悦司の同棲相手のことが頭から離れない。

仕事に支障をきたしては困ると気を張っているためミスはなくなったが、そのぶん神経をすり減らしてしまうため、自分の部屋に着く頃にはくたくたに疲れている。

その日も帰りが遅くなり、弁当を買ってマンションに戻ってきたのは十一時を過ぎた時間だった。帰る途中で報告を忘れていたのを思い出し、まだ会社で仕事をしている林田に連絡を取る。

「林田さんですか？　お疲れ様です。石崎《いしざき》産業の件ですけど、デザインのほうもう上がってますんで、見ておいてもらえますか？　ええ。まだ時間はあるんですけど、他にもいろいろ抱えてるんで早めにと思って。はい。じゃあ、お疲れ様です」

電話を切ると、ポケットから鍵を出して部屋のドアを開けて中に入った。疲れを吐き出し、靴を脱いで部屋に上がる。

このところ、ため息なしに玄関を潜ることがほとんどなくなった。仕事が忙しいというのもあったが、一番の原因は篤志と悦司のことだ。

忘れようと心に決めたのに、この身に起きた出来事はふとした瞬間に現われて紅を苦しめる。夢に見ることすらあった。

閉じ込められたあの部屋で二人を愛し、愛され、欲望に溺れる夢だ。その夢を見た翌日は必ずといっていいほど、紅は下着を汚していた。こんなことは、中学生の時以来だ。

もう三十になろうというのに、情けなくてたまらない。

あれが自分の本音なのではないかと、このところずっと思っている。

(馬鹿なこと、考えるな……)

頭の中から二人のことを追い出し、部屋の中央に置いてあるちゃぶ台に買い物袋を置いて、シャワールームに向かった。着ている物を一気に脱ぎ捨て、冷たいタイルに足を踏み出す。

カランをひねって熱めのお湯を出すと、紅は額に当てて目を閉じた。

全部、忘れたかった。自分を苦しめるものを記憶の中から消し去りたかった。そう思うほどに、二人に愛された記憶は鮮明になっていく。

篤志と悦司につけられた痕《あと》は、今はすっかり消えてしまっていて、どこにあったのかすでにわからない。

けれども。記憶にはしっかり残っていた。

二人の荒い息遣い、二人の愛撫《あいぶ》、すべてはっきりと覚えている。どんなに足搔《あが》いても無駄だ。絡みつく蔦《つた》のように、それは紅をがんじがらめにしてしまう。

『あの……どちら様ですか?』

部屋の中にいた彼女の言葉を思い出し、心の中に醜い感情が生まれるのを感じた。頭をもたげたそれを上から抑えつけようとするが、増殖するそれは指の間から這《は》い出し、瞬く間に溢《あふ》れて隠しきれないほどになってしまう。

(どちら様だって……?)

紅は、感情を抑えようと唇を強く嚙《か》んだ。

それまで紅が暮らしていたマンションを我が物顔で使っているのかと思うと、苛立《いらだ》ちを隠すことができない。

それは、憎しみという感情だった。なんの非もない彼女に対してそんなふうに思える自分が信じられない。こんなに醜い感情が自分の中にあったなんて、驚きだ。

そしてさらに、篤志と熱烈交際を報じられている人気モデルにも同じ思いが湧き上がる。

細い腰に回された篤志の腕。まるでポスターのように絵になっていた。スタイルのいい女と引き締まった男のカップルはお似合いで、誰も割って入れないのだと主張しているようでもあった。

俺の弟なのに――。

強い独占欲に見舞われた瞬間、唇に痛みが走る。

「……っ」

ようやく我に返った紅は、目を開けた。唇がズキズキとした痛みと熱に包まれている。

下を見ると血が滴り落ちたが、シャワーのお湯と混じってすぐに散った。鏡を見ると傷は思ったより深いようで、下唇から次々と血が滲《にじ》み出している。

唇を噛み切ってしまうほど強い憎しみに心狂わせていたのかと、嫉妬《しっと》に狂う自分の顔を眺めた。湯気で曇ってはっきりとは見えないが、弟を取られた惨めな男の姿なんて、おぞましいだけに違いないと思う。

「はは……」

紅は、壁に手をついて深く項垂《うなだ》れた。

情けないが、この気持ちをどうすることもできない。

自分はまだ一歩踏み出すどころか、二人に凌辱された日々の記憶から抜け出せずにいるのに、篤志と悦司はすでに自分の相手を見つけているのだ。

今頃、篤志はあの写真のモデルと愛し合っているのかもしれない。

今頃、悦司は同棲を始めた彼女をベッドの上で抱き締めているかもしれない。

そう思うとたまらなくなり、紅はずっと押し込めてきた自分の想いを吐き出した。

「あれは……っ、——なんだったんだ……っ！」

搾《しぼ》り出すように叫ぶのと同時にズキンと傷が疼《うず》き、濃い血の味が口に広がる。

そんなに簡単に忘れられる想いだったのなら、なぜ隠し通してくれなかったのだと二人に問うた。あんなことがなければ、こんな思いをすることはなかった。別々に暮らし始めても、今までどおり仲のいい兄弟でいられただろう。

二人に恋人ができても、素直に祝福することができたはずだ。

少なくとも、なんの非もない女性を責めることもなかった。嫉妬に狂う醜い自分に嫌悪することもなかった。

二人に凌辱された時の記憶は、頭の中にも、そして躰にも深く刻み込まれているのに、なぜ何もなかったかのように生活しているのだ。

こんなに狂おしい想いに取りつかれたのは、生まれて初めてだ。自分を抑えることができそうにない。

「……はぁ……っ、……っ、……篤志……、……悦司」

目を閉じると、紅はシャワールームで抱かれた時のことを思い出した。

ベッドで初めて篤志に挿入されたあと、場所を変えて悦司に後ろから犯された。さらに前に座った篤志に屹立《きつりつ》を握り込まれ、情熱的なキスに狂わされた。

それを思い出すと、本当に二人に触れられているような感覚に襲われる。

「……はぁ……っ」

太股《ふともも》を這い回る手の感触はリアルで、とても記憶の中のものとは思えない。

「……っ、……ぁ……」

紅は、二人の手が自分の躰を這い回っている妄想に取りつかれていた。幾度となく繰り返された行為は、まるで今本当にそうされているかのように蘇《よみがえ》ってくる。

自ら中心に手を伸ばしたいという欲望に駆られたが、それだけはすまいと自分の躰を抱いて湧き上がる劣情に耐えた。

しかし、二人に前と後ろから同時に愛された記憶は鮮明で、ずるずると座り込む。

「……っ、……はぁ……、……ぅ……っく」

篤志の愛撫は優しくて、悦司の愛撫は少し意地悪だ。

そんなことは知りたくなかった。誰も教えてくれなどと頼んでいないのに、一方的に見せつけられた。なぜ、どうして、と繰り返す。

「……篤志……、悦司……っ」

二人の名を唇に載せ、狂おしい想いの中でずっと否定し続けていた想いに目を向けた。

これまでは、篤志と悦司は自分のものだと思っていた。自分からは、決して離れない。女にあまり興味を示さず、『兄貴、兄貴』といつも紅のことを一番に考えてくれていた。血の繋がった兄弟で、誰も自分の代わりにはなれない。そんな特別な立場だという余裕があり、兄として弟を好きなだけだと思い込んでいた。家族としての愛情を持っているだけだと信じていた。

しかしこうして二人が誰とつき合い、いつか結婚するかもしれないとなると独占欲が芽生える。実の兄とは思えない強い嫉妬心を抱いてしまう。

俺のものだったのにと恨めしい気持ちになるが、今さらそんなことを言っても遅いのだ。受け入れようと思っても、すでに自分のもとから離れて歩き出した二人にしてみたら今さらだろう。

なぜ気づかなかったんだ……、と後悔してももう遅い。もう、手遅れだ。

その事実を噛み締め、そしてふいに昔の記憶を蘇らせる。

紅は社会人になって二年ほどしか経っていない頃で、篤志と悦司は高校三年生だった。

『社会人になったら、俺が兄貴を幸せにする』

学校の制服に身を包んだ篤志が、紅に向かって真剣な表情でそんなことを言ってきたことがあった。

その頃、大学に行くかどうかで篤志と揉《も》めていた。学力は十分にあったというのに、早く自立したいという気持ちから篤志は就職したいと言い出したのだ。親代わりとして頑張ってきた紅の姿をずっと見ていたからだろう。

けれども、紅はそれを許さなかった。紅に迷惑をかけたくないという気持ちだけでは納得せず、半ば強引に就職を諦めさせたのだ。

『だからあと四年、待っててくれよ。大学の間に自分のやれること見つけて、いっぱい稼げるようになるからさ』

挑むような目をしていたのを、よく覚えている。

働きたいという意志を無理やり抑え込んだのではないかと思っていたため、篤志の決意は紅にとって嬉しいものだった。そしてもう一つ、嬉しかった理由がある。

それは、同じ顔をしたもう一人の弟にも同じことを言われていたことだった。

『俺、大学の間にちゃんと勉強して稼げるようになるから』

もともと大学進学を希望していた悦司が、ちょっと話があると言って紅の部屋にやってきていきなりそんな宣言をしたのは、篤志が進学を決意する三日ほど前だ。

『なんだ急に……』

仕事をしていた紅は、パソコンの画面から目を離して悦司を見た。

『篤志は早く就職したがってるけど、俺は大学に行く。高卒と大卒じゃ給料違うし、たった四年早く仕事するようになったからって、長い人生考えたら決してプラスじゃないと思うんだ。だから、焦らないで大学に行くよ。兄貴にはもう少し苦労かけるけど、そのぶんちゃんと恩返しするから。俺が兄貴を幸せにする』

双子とはいえ、まさか二人からそれぞれ『俺が兄貴を幸せにする』と言われるとは思っておらず、悦司に言ったのと同じ言葉を篤志に返した。

『ありがとな。期待しとくぞ』

あの時の気持ちを思い出し、なぜこんなことになったのだと今の状況を嘆かずにはいられなかった。どうして、弟たちを想って一人身を焦がしているのだろうと。

胸が苦しくなり、熱いシャワーに打たれながら溢れる想いを口にする。

「お前らがいるだけで、幸せだったのに……」

涙が頬を伝って落ちるのがわかった。

十二月に入ると、朝夕だけでなく日中の冷え込みもかなり厳しくなった。

紅は仕事から帰ると上着を脱ぎ捨て、腕時計を外して指定の場所に置いてから、買い物袋の中の弁当とお茶をちゃぶ台に並べた。

昨日から徹夜での仕事だったため、時間は午前十一時を過ぎたところだ。明け方はかなりの睡魔に襲われていたが、今は眠いのを通り越していて腹を満たしたいという欲求のほうが勝っている。

弁当を広げてペットボトルの蓋《ふた》を開けると、テレビを観ながら遅い朝食を摂《と》り始めた。しばらく情報番組を流していたが、ＣＭに入るのと同時に経済ニュースにチャンネルを合わせる。

『日経平均株価、一万一千五百円を挟んだ値動きとなっております。アメリカの株高やおよそ一ヶ月ぶりの円安水準ということもありまして、日経平均は買い先行でスタートしました。ですが……』

女性キャスターが経済ニュースの原稿を読み上げるのを眺めていると、悦司の顔が脳裏をよぎった。三人で暮らしていた頃の感覚が蘇ってくるようだ。

しかし、部屋を見ると紛れもなく狭いワンルームで、一人でいることをより実感した。

棚の上に置いてある悦司に貰った時計を眺め、放り出したままの買い物袋に視線を移動させる。中には、今まで買ったことのない雑誌が入っていた。

篤志が載ったファッション雑誌をついレジに持っていってしまったのだ。しばらくじっと眺めていたが、おもむろに手を伸ばして中から取り出すと、パラパラとめくって中を見る。

(仕事、順調なんだな)

喜ぶべきことなのに、このところ心はずっと沈んでいる。

雑誌の中の篤志は紛れもなく自分の弟だというのに、遠い存在に感じた。二人にされたことは紅の中ではまだ整理がついていないが、こうしている間にどんどん取り返しのつかないことになってしまいそうな気がするのだ。

けれども、どうしたらこの状態から抜け出せるのかわからない。

「何やってるんだよ」

未練がましく篤志の載っている雑誌を見たり悦司を思い出して経済ニュースを見たりしているとますます気持ちが沈んでしまいそうで、弁当を空にしてちゃぶ台の上を片づけた。

徹夜での仕事で疲れていたため動く気になれず、別のニュース番組に変えてしばらくダラダラする。

『次は事故のニュースです。本日午前八時頃、東名高速の海老名《えびな》JC付近で……』

それは、脇見《わきみ》運転のトラックが乗用車に追突し、その後ろを走っていた車三台とバイク一台を巻き込んだ玉突き事故が起こったというニュースだった。

(——え?)

篤志の名前が聞こえ、心臓が凍りついたような感覚に襲われる。

急いでボリュームを上げると、祈るような気持ちで男性キャスターの声に耳を傾けた。どうやら事故に巻き込まれたバイクを運転していたのが篤志らしく、紅は一瞬のうちに最悪の事態まで想像してしまっていた。

心臓が激しく打ち鳴らされ、喉《のど》が渇く。

しかし、篤志は無事だった。奇跡的に軽傷だったと聞いた時は、ホッとするあまり全身から力が抜けて持っていたペットボトルを落としそうになる。

それでも、事故の現場の映像がショッキングなものだったのは言うまでもない。

（篤志……）

事故を起こした車は前半分が潰《つぶ》れており、追突された他の車も車体がかなり損傷しているのを見て、よく無事だったものだと思った。何かが少し違っただけでも、結果は変わったかもしれない。紙一重の差で、命拾いをしたとも考えられる。

そう思うと、今のままでいいのかという思いが紅の心に芽生えた。

両親は、交通事故で突然帰らぬ人となった。篤志や悦司の身に同じことが起きないとも限らない。もちろん、自分の身にそれが起こる可能性もあるのだ。

しかし、頭ではわかっていてもなかなか行動に移せない。

人気モデルの篤志の恋人と、同棲している悦司の恋人。

彼女たちの存在がなければ、すぐにでも会いに行っただろう。自分の気持ちを伝えることすらできたかもしれない。だが、現実はそうではなかった。

自分の気持ちを認められず、何もしないまま過ごした時間がもたらした結果は紅にとってつらいもので、ずっと引き摺《ず》っている。

(もう、終わったんだよ)

連絡したい気持ちを抑え、まるで自分の本音を揉み消すかのようにペットボトルを潰してゴミ箱に入れる。

それから紅は、シャワーを浴びてベッドに入った。腹が満たされると、一度どこかへ消えていた睡魔はあっという間に降りてきて昏々《こんこん》と眠り続ける。目覚めたのが十二時間近くが過ぎてからで、夜がすっかり更けていたのには驚いた。

しかし、休日出勤した分の代休を取って連休になっていたため気が緩んでいたこともあり、ベッドから出ずに寝たり起きたりを繰り返して朝を迎えた。日曜もほぼベッドの中だ。

ようやくまともに起きて行動し始めたのは月曜の午前中で、その頃になると沈んだ気持ちも少し回復しており、食事を摂りに外に出かける気力も戻っていた。

「ありがとうございましたー」

マンションの近くのラーメン店で昼食を済ませた紅は、店員の声に送られて店を出た。ようやくこの辺りにどんな店があるのかわかってきて、最近この店の常連になりつつある。

白い息を吐きながら歩道を歩いていると、電気店の店頭に置かれてあるテレビに篤志の姿を見つけた。

「あ……」

立ち止まり、画面を喰い入るように観る。流れているのは情報番組で、映画の試写会が終わってインタビューを受けているところだった。

『ところで、先日の事故は大丈夫でしたか?』

『はい、すみません。ご心配おかけしましたが、このとおり元気です。用心のために仕事はセーブすることになってますけど』

『どなたかお見舞いにこられました?』

報道陣にマイクを向けられて熱愛報道の相手を仄《ほの》めかす質問に苦笑いしているのは、篤志ではなく悦司だった。質問の仕方を変え、なんとか人気モデルとの交際は順調なのかを聞き出そうとする彼らに困った顔をしている。

(どうして悦司が……)

篤志として試写会に参加しているが、あれは間違いなく悦司だ。

見間違えるはずがない。これまで、一度だって二人のことを見分けられなかったことはないのだ。テレビを通しても、篤志か悦司かちゃんとわかる。

(何かあったのか……?)

嫌な予感がした。

篤志として話をしている悦司の姿を見て、妙な胸騒ぎを覚える。二人はもう子供ではないのだ。遊びや冗談であんなことをするとは考えられない。そうしなければならない事情があると考えたほうが自然だ。

自宅に戻らず、タクシーを拾って篤志の所属事務所に向かうことにする。

道すがら、悦司の会社に電話をして悦司の所在を確認した。思ったとおり、悦司は体調不良で休んでいるということだった。

(どういうことだ……？)

ますますわけがわからない。

駅からタクシーに乗って篤志の所属事務所に行き、紅はすぐさま中に入っていった。

一度篤志に連れられて事務所に来たことがあったため中で待たせてくれると思ったが、なぜか対応はよそよそしい。

「申し訳ありません。本日は事務所には戻らない予定ですので」

「だったら連絡してもらえませんか？　急用があるんです」

「はい。お兄さんが来られたことは伝えておきますので、今日はどうかお引き取りください」

「話がしたいんです。伝言じゃなくて。だから、連絡を取ってもらいたいんです」

彼女は困ったような顔をした。そして、後ろで聞いていた男性社員のほうに目を遣る。彼は紅がいつまでも諦めそうにないのを見て、業を煮やしたのだろう。

立ち上がって紅たちのいるほうへ近づいてくる。

「すみません、お兄さん。今はちょっと忙しい時期で、都合がつけば本人から連絡するよう言いますので。こちらで粘られても困るんですよ」

「会わせてもらえないのには、何か理由があるんですか？」

「何をおっしゃってるのか……」

「今日、テレビで試写会に出てたのを観ました」

挑むように言うと、明らかな反応があった。何か隠しているのは間違いない。

初めに応対してくれた彼女はよく事情を把握していないようで、二人の顔を交互に見ている。

「すみません。お兄さん。こちらでお話ししましょう」

どうやら公にできない事情を抱えているのは間違いないらしく、紅は別室へと連れていかれた。やはり、悦司が篤志の身代わりで試写会に出ていたのは間違いないようだ。

男性社員と二人きりになると、紅は座るよう促されたソファーに腰を下ろすなり核心に迫る。

「俺はあいつらを完璧《かんぺき》に見分けられます。嘘はつかないでください。試写会に出ていたのは、篤志じゃなくて悦司なんですね？」

「ええ。そのとおりです」

「篤志は？」

「まだ入院してます。命に別状はありません。もうすぐ弟さんはお戻りになりますから、本人から事情を聞いたほうがいいと思います」

彼が時計を見るのと同時に、ドアがノックされた。先ほどの女性社員が篤志が戻ってきたと伝えに来て、男性社員は部屋を出ていき、入れ替わりに悦司が中に入ってくる。

悦司は、篤志の格好をしていた。ニットの帽子を被り、カジュアルなファッションに身を包んでいる。だが、メガネは悦司のものだった。

ファッションアイテムとしてのメガネではないため、今身に着けているものと合っていない。おそらく、急に篤志の身代わりになったため、コンタクトレンズを作る時間もなかったのだろう。

篤志なら、こんなコーディネートは絶対にしない。

「久しぶり、兄貴」

「どういうことだ?」

「篤志の格好をしていても、やっぱり兄貴は騙せないんだな」

口許《くちもと》に笑みを浮かべる悦司を見て、見くびるなと言いたかった。

そうだ。

俺だけが見分けられる。騙されたりしない。

紅は、誰にともなくそう訴えていた。もしかしたら、自分は誰よりも二人をよく知っているのだと主張したかったのかもしれない。

「テレビで試写会に出てたのを観た。お前が篤志として出席してたから変だと思って。さっき事務所の人に、篤志が入院してるって聞いた。命に別状はないのに、身代わりになってるのはどうしてだ？　大怪我《おおけが》して動けないのか？」

「大怪我なんかしてない。骨折すらもしてないよ」

「じゃあ、どうして」

「篤志は目を覚まさないんだ」

「え……」

悦司は真っ直ぐに紅を見ていた。言葉の意味はわかるが、にわかに信じ難くて悦司をじっと見ていることしかできない。

「俺が身代わりになってるのは、篤志のチャンスを潰さないためだ。兄貴も知ってるだろう？　篤志に雑誌の表紙モデルの話が来てたこと。一年通じて同じモデルがやるってやつだよ」

覚えている。老舗《しにせ》ファッション誌の表紙モデルで、これが決まると今後の仕事が全然変わってくるのだと篤志は言っていた。

悦司の話によると、つい最近その話が正式に決まり、これから契約が結ばれる予定になっているという。

誰もが喉から手が出るほど欲しがる大きなチャンス。

しかし、そんな大事な時期に篤志は事故に遭った。

たいした怪我もなく、すぐに目を覚ますはずだった。大きな手術をしたわけでも、ましてや脳にダメージを受けたわけでもない。医者の診たところによると、軽い脳震盪《のうしんとう》という診断だった。

それなのに、意識が戻らないのだ。まるで起きることを拒んでいるかのように、篤志はずっと眠ったままだ。

もしこれが公になれば、表紙モデルの話はすぐに白紙にされる。いつ目を覚ますかわからない状態のモデルを使う雑誌なんてないだろう。

「本契約までに目を覚まさなかったら、事務所から辞退を申し出る予定だ。だから、俺がそれまで身代わりをすることになった。一週間程度だから、目を覚ます可能性に賭《か》けてみようってことになって、医者に診断書を書いてもらった。俺の会社は病欠ってことにしてる」

「モデル事務所がそこまで要求するのか」

「いや。これは俺が提案したんだ。篤志のチャンスを潰したくなかったし。続きは病院で話すよ。篤志に会いに行こう」

悦司に促がされ、すぐに立ち上がる。

篤志に会いたかった。自分が行ってもなんの役にも立たないとわかっていても、篤志が心配で、せめて見舞いに行って声をかけたかった。

どうして目を覚まさないんだ……、と今もベッドにいる篤志に呼びかける。

隣に悦司がいることが、唯一の救いだった。

それから紅は、事務所を出て篤志が入院しているという総合病院に連れていかれた。病室はもちろん個室で、ドアのプレートには患者の名前は書かれておらず空白のままだ。ドアをスライドさせると、ベッドに篤志が寝ている。

「篤志……」

恐る恐る近づいていき、その傍《そば》に立って篤志を見下ろした。

事故に遭った時のものだろう。頬骨の辺りに擦《かす》り傷《きず》があったが、それ以外目立った外傷はない。昼寝でもしているようにしか見えなかった。

「篤志」

もう一度名前を呼んだが、やはり反応はない。

「本当に、起きないのか？」

「ああ。何度呼びかけても、ずっと眠ったままだ」

「どうして……？」

「わからない。目を覚ましていいはずなんだ。本来なら目を覚ましていいのに、篤志のやつ、ずっと眠ったままなんだよ。医者も原因はわからないって言ってる」

こうして見ると、今にも起き出しそうな気がする。三人で暮らしていた頃、毎朝叩き起こしに部屋に行った。朝が苦手でなかなか起きられず、「あと五分」なんて甘えたことを言っていた。何よりも大切にしたかった日常を思い出す。

だが、寝相の悪い篤志がこんなふうにきちんと布団の中に納まっていることなどほとんどなかった。いつも手や足を放り出し、ベッドから落ちて床に転がっていることも多かった。

悦司から聞いた話が紛れもない事実なのだと思い知らされる。

そしてそれは、疲れを隠せない悦司の様子からもよくわかった。短い時間でも、周りの目を誤魔化して篤志に成りすますなんて、大変だっただろう。

「どうしてこんな大事なこと、俺に言わなかったんだ」

「兄貴に心配かけたくなかったんだよ。兄貴にあんなことしたのに、相談なんてできるはずないだろう」

二人に凌辱されたことを思い出し、すぐに言葉が出なかった。二人がかりで愛され、自分の淫《みだ》らな一面を曝《さら》け出した時のことがはっきりと蘇ってくる。自分も同罪だと言わざるを得ない反応をしたのは事実だ。

頬が熱くなり、目を逸《そ》らすと悦司が済まなそうに言う。

「ごめん……」

どんな顔をしていいかわからず俯《うつむ》いていると、悦司は紅の隣に立って篤志を見下ろした。身長差のせいで、声はすぐ耳元から聞こえてくる。

「あんなことをしてしまったけど、いつかちゃんと兄貴に自分の気持ちを伝えようと思ってたんだ。でも、俺のせいで全部駄目にしてしまって、自棄《やけ》になって……。もともとは俺が自分の気持ちを抑えきれなくて、いきなり兄貴を押し倒したりしたからだ。身代わりをやってるのは、せめて篤志のために何かできないかと思ったからだ。それに、こんなことを言ったら兄貴は嫌がるかもしれないけど、俺たちはまだ兄貴を諦めたわけじゃないんだよ。俺たちはお互い、兄貴を独り占めしたいと思ってる」

「悦司……」

何を言い出すのかと思った。

二人には、すでに新しい恋人がいる。もう自分への気持ちなど踏ん切りをつけて、新しい一歩を踏み出したはずだ。

「あんな形じゃなく、ちゃんと告白したかった。兄貴の前から消えるつもりだったけど、離れてみてそんなの無理だってわかったんだよ。だから、許してもらおうと思った。ちゃんと自立して立派な男になって、もう一度兄貴に認められる男になろうって篤志と二人で決めたんだよ」

「そんな嘘つくなよ」

「本当だ」

しっかりとした口調で言われ、紅はそんな言葉は信じないとばかりに無言で首を振った。

あれだけはっきりとした証拠があるというのに、これほど冷静に嘘がつけるものかと思う。嘘をつく理由もわからず、混乱せずにはいられなかった。

感情的になってはいけないと思うが、ずっと胸に溜《た》め込んできた思いを吐き出してしまう。

「何言ってるんだよ。俺は知ってるんだぞ。篤志に新しい恋人ができたことも、お前が同棲してることも」

「同棲？　そんなことはしてない」

「どうしてそんな嘘をつくんだ！」

紅は、ムキになっていた。

これ以上、心を掻き乱されたくなかったのかもしれない。まだ二人に監禁された時のことを引き摺っているが、なんとか独り暮らしをし、仕事もこなしている。

でも、ギリギリなのだ。

これ以上混乱させられたら、今の状態すら保っていられるかわからない。

「篤志がモデルとつき合ってるって、週刊誌で見たぞ。写真だって載ってた。それに、マンションに行ったらお前の彼女だっていう女が出てきた。あれはなんだよ？　俺にあんなことをしておきながら、お前らはちゃんと前に進んでるじゃないか」

「兄貴……」

「本当は後悔してるんだろ。俺なんかに手ぇ出すんじゃなかったって！　だから、あんなにあっさり俺を解放したんだろう！」

まくしたてるように言ってしまい、息があがった。深呼吸するが、昂《たか》ぶった感情はなかなか収まらない。

「それなのに、どうして……っ、そんなことを、言うんだ……」

最後のほうは、声が掠《かす》れていた。

泣いていたのかもしれない。自分から離れようとする弟たちに縋《すが》りついているのと同じだ。わかっているが、もう自分の気持ちを隠すことはできない。

「篤志の記事は、デタラメなんだ。兄貴は知らないだろうけど、篤志は彼女のことをなんとも思ってない」

「そんな嘘、誰が信じるか！」

「部屋にいた彼女は、会社の同僚の友達だ。ストーカー被害に遭ってて一時的に俺たちの部屋を貸してるだけなんだ。兄貴が部屋の鍵を返しに来たって聞いてたけど、兄貴に俺の彼女って名乗ったのは知らなかった。……本当だ」

噛み締めるように言われ、紅は目を見開いて悦司を見上げた。

静かに紅を見つめ返す悦司の目は、嘘をついているようには見えない。真剣な眼差しから、悦司の言っていることが嘘偽りないとわかる。

（本当、なのか……？）

ようやくその言葉を素直に聞けるようになってきて、悦司を凝視する。

「俺は兄貴が好きだ。篤志だって……。兄貴のことを解放したのは、あんな形で兄貴を自分たちのものにしたら駄目だって思い直したからだ。あのままじゃあ、俺たち本当に駄目になってしまうから、逃げるように出ていったんだよ。でも、兄貴のことを諦めたつもりはない。兄貴が他の誰かのものになるなんて嫌だ。この気持ちは本当なんだ。信じてくれ。俺も篤志も、ずっと兄貴の傍にいたいって思ってるんだよ」

「悦司」

「世界で一番兄貴が好きだ。愛しているんだ」

躰から力が抜けて、座り込みそうになった。

こんな馬鹿なことがあるかと、泣き出したい気持ちだ。あれほど嫉妬に狂った相手が、恋人でもなんでもなかったなんて笑い話にもならない。

紅は、後悔した。

もっと早く素直になっていればよかった。プライドなんか捨ててしまえばよかった。

もし篤志がこのまま目を覚まさなければ、この気持ちは伝わらないままだ。本当は二人のこ

とがこんなにも好きなのに。愛しているのに。

篤志がこんなことになったことすら、自分のせいのような気がしてくる。

「俺が……っ、もっと早く自分の気持ちに気づいていればこんなことには……」

「兄貴のせいじゃない」

「いや、俺のせいだ。あんなふうに……あんなふうに乱れて、自分が情けなかっただけなんだ。自分のプライドを守るために、お前らを突き放して……っ。俺のせいで……っ」

「それは違う」

「違わない！　俺のせいだ。俺だって、お前たちが好きなのに……っ。誰にも渡したくないほど好きなのに」

紅は悦司の胸倉を摑み、半ば叫ぶように自分の想いを口にしていた。こうなってみて、ようやく口にできた本音だ。

言葉にすると、自分の気持ちが改めてよくわかった。

誰にも渡したくない。自分だけを見ていて欲しい。自分のすべてを二人に差し出していいから、二人の身も心も全部欲しいのだ。貪欲《どんよく》な兄だと自分でも思う。実の兄のくせにとんでもない奴だとも。

けれども、真実はただ一つだ。

「……兄貴」

驚いた顔をして自分の手首を優しく握る悦司に、もう隠してはおけないと搾《しぼ》り出すように言った。

「弟としてだけじゃないんだよ。お前らにされたことだって、俺は……っ」

自分を責めずにはいられず、悦司のシャツを摑んだ拳《こぶし》が震える。

篤志が目を覚ますなら、どんな懺悔《ざんげ》だってするつもりだった。どんな浅ましい自分も曝け出していいと思った。

だから、お願いだから目を覚ましてくれと切に願う。

その時だった。

「ん～、兄貴の声がする～」

「――っ！」

紅は目を見開き、ベッドに目を遣った。

目に映ったのは、信じられない光景だ。

今までまったく目を覚まそうとしなかった篤志が、目を開けている。自分がなぜこんなところにいるのかわかっていないようで、天井を見たままぼんやりとしているのだ。

状況が把握できていないのは、紅も同じだった。

肋骨《ろっこつ》の内側から胸を叩かれているように、心臓が激しく躍っている。

「ここ、どこ……？　……腹減った」

あまりに呑気《のんき》な言葉に、唖然《あぜん》とせずにはいられなかった。腰が抜けそうで立っているのもやっとだが、ちゃんと確かめたくて思わずベッドに飛びつき、篤志の顔を両手で摑む。

「――篤志っ！」

目が合うと、ぼんやりしていた篤志の目に驚きの色が浮かんだ。

ちゃんと目を開けている。ちゃんと自分の声が届いている。その剣幕《けんまく》に驚いているのか、戸惑いながら紅を見つめ返した。

「兄貴……？」

「俺だ。わかるか？　俺だよ、篤志」

戸惑いながらも首を縦に振る篤志を見て、ちゃんと自分の言葉を理解しているとわかって安堵《あんど》する。

「先生を呼んでくる」

悦司が急いで病室を出て行くと、篤志は自分たちのしたことを思い出したのか、紅がここにいることに戸惑いを見せた。

「な、なんで、俺の傍にいるんだよ」

「傍にいたいからだ」

「え……」

悦司とどんな会話がされたのか知らない篤志は、いきなりこんなことを言われても驚くだろう。けれども、嬉しくて、胸がいっぱいで上手《うま》く説明することなんてできない。

「好きだ、篤志。お前を失ったらどうしようかと思った」

「兄貴……？」

「一緒に帰ろうな。三人で、また暮らそう」

三人でまた暮らそう――その言葉に、少し状況が把握できてきたらしい。

「いいの？」

「ああ。俺がそうしたいって思ってるんだよ」

目を細めて笑うと、悦司に呼ばれた医者が来て、紅はベッドから離れた。医者が聴診器を当てたり問診したりしているのを悦司と眺める。

「大丈夫？」

「大丈夫じゃない。腰が抜けそうだ」

肩を抱かれ、素直に身を預けた。悦司の頼り甲斐《がい》のある手に自分のを重ね、どちらからともなく指を絡めて手を握り合う。

もう絶対に離さない――紅はそんな強い決意を心に抱いた。

篤志が目を覚ましてから、一週間が過ぎていた。

篤志はすぐに退院することになり、今は悦司とともにマンションに戻っている。紅はまだワンルームで生活しているが、週末の今日は篤志と悦司のいるマンションに足を運んだ。

あとでわかったことだが、彼女が紅に悦司の恋人だと名乗ったのは、自分をストーキングしている男が誰かを使って様子を探りにきたのだと思って咄嗟《とっさ》に嘘をついたからだった。

確かに、ストーカー被害に遭っている女性のところに男が突然鍵を開けて入ってこようとしたら動揺するだろう。随分と怯えていたのは確かだ。

彼女だと名乗ったことを悦司に伝えなかったのは迂闊《うかつ》だったかもしれないが、よくない時というのはなんでも悪いほうに転がっていくものだ。

週刊誌に撮られた篤志の写真も、酔った彼女を送り届けた時に撮られたものだった。キス魔の彼女にとって篤志は親しい友人の一人で、本命の彼氏はちゃんといるのだという。

人騒がせだが、今は誤解だったと判明しているのだ。それだけでいい。

「だけど、なんで目を覚まさなかったんだろうな」

マグカップに注がれたダージリンティに息を吹きかけて冷ましながら、紅はぼんやりと疑問を口にした。

夕飯を済ませ風呂《ふろ》にも入った三人は、リビングでくつろいでいた。紅はパジャマを、篤志と悦司はフードつきのスウェットを身につけている。

なぜ篤志が眠ったままだったのか、なぜ突然目を覚ましたのか、わからずじまいで真相は何一つ解明されていない。わかっているのは、精密検査の結果、脳の異常は見られず、なんの問題もないということだけだ。

「兄貴を待ってたに決まってんだろ。あれだな。眠れる森の美女とおんなじだ」

篤志がまるで自分が運命の相手だとばかりに得意げに言うと、悦司が変なものでも見たというように眉をひそめる。

「お前がお姫様か？　その図体で？」

「違うよ。俺の場合は王子様がお姫様のキスで目覚めるんだよ」

「キスはしてないだろう？」

「いや、したな。兄貴はきっとしたな。悦司に見えないようにしたな」

確信したように何度も頷いてみせる篤志に、冷ややかな悦司の視線が注がれる。そんな二人を見て、思わず笑った。

「キスはしてないよ」

「ほらみろ」

悦司が自慢げに言うと、「そんなこと知ってるよ」とばかりに篤志はつまらなそうな顔をしてみせる。それがまたおかしくて、紅はつけ加えた。

「でもお前が目覚めた時、キスしたいくらい嬉しかったのは本当だ。悦司に同じことが起きても、そう思うよ」

微笑《ほほえ》むと、二人は照れているのか紅から視線を逸らした。会話が途切れ、静まり返ったリビングに紅茶を啜《すす》る音だけがする。

二人が意識しているのは、伝わってきた。自然に振る舞おうとしているが、どう紅と接すればいいか、いまだにわからないでいるらしい。

追いつめられての行動とはいえ、あれほどのことをしておきながら、いざ気持ちを確かめ合うと純情なところを見せる弟たちに、好きな気持ちはますます大きくなっていく。

それほど大事に思ってくれているのだ。それがわかるだけに、二人のぎこちない態度が余計にいとおしく思えてきて自分の想いを再確認する。

どちらか一人ではない。二人とも大事な存在だ。二人とも傍にいて欲しい。

そう思うにつけ、病院で悦司に言われた言葉を思い出さずにはいられなかった。

『俺たちはお互い、兄貴を独り占めしたいと思ってる』

あの言葉を思い返すと、曖昧《あいまい》にしたままではいけないと思えてきて、正直な気持ちを告白する。

「篤志、悦司。俺はお前たちが好きだ。誰よりも大事なんだ。その気持ちは本当だ。でも、どちらか一人なんて選べない。同時にお前ら二人を愛してしまったんだ。どちらか一人じゃなく、二人に愛されたい。どっちも欲しいんだよ」

紅茶を飲む二人の手が、ピタリと止まった。双子とはいえ、同じ格好で固まっていなくてもいいではないかと思うが、微動だにしない。

「言ってる意味、わかるか?」

わかっているだろうが、どう返事をしていいのか戸惑っているらしい。ここは歳上《としうえ》らしくリードしてやるべきだと思い、もう少しはっきり言葉にしてきっかけを作ってやる。

「俺は欲張りってことだよ。お前らだって、知ってるだろ?」

紅は意味深な目をして、二人を交互に見た。仄めかしたのは、二人がかりで凌辱された時のことだ。気持ちだけでなく、躰もそうなのだと視線で訴える。

「挑発してんの? そんなこと言うと危ねぇよ?」

「篤志の言うとおりだ。軽はずみにそういうことを口にしないほうがいい」

せっかくの忠告だが、聞くつもりはなかった。

「早く新しいマンション探して、一緒に暮らそうな。そして三人で寝られるサイズのベッドを買うんだ。シングルは狭すぎて何もできない」

紅茶を口に運びながらじっと探るように篤志と悦司の目を見ると、二人は誘われるようにゆっくりと立ち上がった。思いつめた目で見下ろされ、心臓が高鳴りを覚えながらカップをテーブルに置く。

これほどの男たちを独り占めできるなら、自分をすべて差し出していいと思えた。

純情な一面を持っているが、ひとたび火がつけば獣になる可愛い弟たち。二人が悦《よろこ》ぶのなら、どんなことだってできそうな気がした。はしたない格好も、罪深い口づけも、なんだってできる。

「床とベッド、どっちがいい？」

「ソファー」

「ソファー」

同時に答えが返ってきて、思わず笑った。すると、篤志がゆっくりと近づいてきて紅の目の前に跪《ひざまず》き、右膝に手を置く。膝の上を滑らせるようにパジャマのズボンをたくし上げると露《あらわ》になった膝に口づけた。悦司は左側に座って手を取り、手の甲に唇を押し当ててくる。

二人は、まるで女性をエスコートする紳士のようだった。押し当てられる唇は、躰に火を放っていく。罪の炎はジリジリと熱く燃え、紅は自分の中に密《ひそ》かに飼っていた獣を呼び起こされるのを感じた。

篤志と悦司だけではない。自分も二人以上に獣なのだと思い知らされる。

貪欲な一面を持つそれは空腹を満たしたいと、しきりに訴えていた。甘美な悦びを味わいたいと、深く望んでいる。

「兄貴、本当にいいのか？」

「いいよ」

「俺たち、結構溜まってんだけど?」

「いいよ。なんだってしてくれていい。全部、お前たちにやるから、俺の全部をお前らに見せてやるから……、お前らも、俺に……全部見せてくれ」

二人の愛撫《あいぶ》に息をあげながら、紅は少しずつ自分を曝け出していった。羞恥《しゅうち》に身を焼かれながらも、見て欲しいという切実な気持ちを抑えることができない。

「兄貴って、案外大胆だったんだ」

「……あ……っ」

悦司に指を噛《か》まれ、躰が小さく跳ねた。指の腹を舌で愛撫する悦司をうっとりと眺め、そして篤志の髪の毛を指で梳《す》く。

「オトナって感じ」

膝の内側を這い回る篤志の舌に目を閉じ、紅はソファーに凭《もた》れかかって奉仕される悦びに躰を震わせた。

二人がどう触れ、どう愛撫してくるのか、意識を集中させる。

悦司が顔を近づけてくると、自ら唇を差し出してキスをねだった。いきなり入り込んでくる舌を受け止め、情熱的に口づけてくる弟に少しずつ劣情を引き出されていく。

「うん……、ん……、……うん……、んぁ」

下唇を軽く噛まれ、思わず篤志の髪の毛をぎゅっと摑んだ。すると、篤志は膝の内側に軽く歯を立ててきて、普段は日の当たらない太股《ふともも》のほうに指を滑らせていく。

「ぁ……、篤志……」

篤志がパジャマのズボンを引き摺り下ろそうとすると、腰をあげて素直に応じた。膝まで下ろされ、再び唇を押し当てられる。舌を膝の内側から太股へと這わされていき、紅は小刻みに吐息を漏らさずにはいられなかった。

篤志の舌は、高級なビロードの生地などとは比べ物にならない。それが人を堕落させる悪魔の口づけだとわかっていても、味わってしまう。

「んんぁ……、……はぁ……っ、……篤志、……悦司……」

二人の唇を躰のあらゆる場所で感じ、下着の中のものは次第に張りつめていった。

篤志の優しいキスも、悦司の少し乱暴な愛撫も、甘い芳香を漂わせながら湧き出る酒のように紅を深く酔わせる。架空の世界にある楽園では、男同士であることも実の兄弟であることも、すべて許される。目の前にあるものをただ貪《むさぼ》ればいい。

わかっているが、恥じらいを完全に捨てきれたわけでもなく、より深く欲望を求める自分と恥じらう自分の間で紅は揺れた。水に浮かぶ小さな葉のように、翻弄《ほんろう》される。

「——ぁ……っ」

下着の上から中心に触れられ、つま先まで痺《しび》れが走った。

「イイ声だよ」

悦司が耳元で熱い吐息を漏らす。

「……ぁ……っ、……んぁ……、……はぁ」

悦司の愛撫が耳元へと降りてくると、指と指を絡ませ合うように手を繋《つな》いだ。耳朶《じだ》を嚙まれ、ぎゅっと手を握ると耳の後ろに唇を押し当てられてさらについばまれる。

すると今度は、自分を忘れるなとばかりに、篤志に太股の内側を強く吸われた。

「ぁ……っ！」

ビクンと躰が反応したのがよかったのか、篤志は下着を指でそっとずらしてすでに蜜《みつ》を溢《あふ》れさせて震えている紅の屹立《きつりつ》を外気に曝した。

じっと見られているのが、気配でわかる。

そんなにまじまじと見ないでくれと言おうとしたが、篤志を見下ろした瞬間口に含まれて息をつめる。

「——あ……っ！」

いきなり温かいものに包まれ、泣き出しそうなほど感じた。

裏筋はもちろんのこと、舌は先端のくびれにも絡みついてきて、紅の理性をまるで熱された飴《あめ》のように溶かしてしまう。さらに、透明な蜜を溢れさせる小さな切れ目を舌先で探られ、羞恥に身を焦がした。

尖らせた舌先を無理やりねじ込んでこようとする篤志に、その欲望の深さを見せつけられた気になる。弟が自分に抱くものは、動物じみていて、純粋だ。

「ぁ、……篤志……っ、……んぁ、あっ」

鼻にかかった声で名前を呼んでしまい、頰が熱くなった。

こんなはしたない声で弟を呼ぶなんて、どうかしていると思う。こんな甘い声で、弟の名を呼んだりしていいわけがない。

わかっているが、自分の中から湧き出る熱い気持ちは抑えきれず、次第に欲望の虜《とりこ》になっていく。

ひとたび甘い蜜の味を覚えた舌は記憶の深いところでそれを覚えていて、また求めてしまう。強烈に惹《ひ》かれ、求めずにはいられなくなる。

味わわなければよかったと後悔しても遅い。

味わってしまったのだ。知ってしまった。

まるで傷をつけられた果実のように、めくれた薄い皮の下にあるみずみずしい果肉が剝《む》き出しになり、濃厚な果汁を滴らせてしまう。そして、次第にそこから熟《う》んでいくのだ。

一度そうなると取り返しはつかず、あとは飢えた獣を呼び寄せてしまう。

甘い匂いに誘われた獣は柔らかい果肉に牙《きば》を立て、深い部分に舌をねじ込んでいく。

「兄貴、……綺麗《きれい》だ」

悦司の欲情した声がして、パジャマの上から肌を撫でられた。優しく肌を刺激する悦司の手は熱く、紅の躰はより敏感になっていった。

肌の上を走るのは、紛れもなく甘い戦慄《せんりつ》。歓喜の証《あかし》だ。

手探りで何かを探しているのがわかり、躰を反り返らせて自らそれを差し出す。

「——ぁ……っ」

悦司の手が求めていたのは、はしたなくも硬く尖る二つの突起だった。触れてくれと訴えているように、それは赤く色づきツンと勃起《ぼっき》する。悦司がそっとパジャマをめくって直接舌を這わせてくると、そこを突き出すようにして快楽を求めた。

「んぁあ……っ、ぁあっ、……はぁ……、あぁ、……んぁ」

二人がかりで弱い部分を攻められ、限界はすぐにやってくる。堪《こら》えきれず、迫り上がってくるものに素直に身を任せた。

「ぁあ……、篤志……、悦司……っ、……も……、出る……っ、——ぁぁああ……っ！」

眉をひそめながら下腹部を激しく震わせる。

「——ぁ……」

あっけなく白濁を放つと、紅は躰を脱力させた。半ば放心状態になり、虚《うつ》ろな目をしたまま体力が回復するのを待つ。篤志がゴクリと喉を鳴らすのがわかり、自分のを呑《の》まれる恥ずかしさに頬を染める。

悦司は立ち上がっていったん傍を離れたが、再び戻ってきて紅の隣に座った。手に持っていたのは、ハンドクリームだ。洗い物をしたあと、時々塗ってくれた。

悦司はスウェットの上だけ脱ぐとそれを指にたっぷりと取り、力を失いかけた中心を握り締める。

「……はぁ……っ」

放ったばかりのそれは剥き出しになった神経のように敏感で、強すぎる刺激に萎《な》えかけたが、無理やり高みに連れていくかのように刺激を与えられるとすぐに硬度を取り戻した。しかも、それだけでは満足しないと言いたげに、悦司は屹立の先端にある小さな切れ目に指をねじ込んでくる。

「ああっ、……悦司……っ、……待……っ、……痛い」

「躰は痛いのがイイって、言ってる」

悦司の言うとおり、そこは再び蜜を溢れさせていた。先ほどイったばかりとは思えないほど、たっぷりと濡れている。

篤志ももろ肌脱ぐとハンドクリームを手に取り、紅の屹立を扱《しご》きながら唇に唇を重ねてきて、舌を挿し入れてきた。さらに悦司も首筋や顎の先に舌を這わせてきて、篤志が唇を離したのを見計らって割って入るように濃厚な口づけを仕掛けてくる。

「ぁ……ん、……ぅん……っ、……んっ」

両手に弟たちを抱き、交互に口づけを交わした。中心に伸ばされた二人の手が、協力し合うかのように紅の中心を嬲《なぶ》り始めると、理性など消えてなくなった。

求め、求められ、いっそう深い愉悦の中に身を沈ませていく。

二人はまるで轆轤《ろくろ》の上で粘土を成型するかのように、紅を優しく嬲り続けていた。脚を拡《ひろ》げるよう促され、素直に従う。

下のほうへ滑り込まされた指に蕾《つぼみ》を見つけられると、紅の本音をたっぷりと含んだ熱く悩ましいため息が漏れた。

「――んあぁ……」

大胆になっていた。自分がどれほどの欲望を抱えているのか、二人に見て欲しかった。

誰でもいいわけではない。単に男とのセックスに嵌《はま》ったわけではない。

だからこそ、見て欲しい。欲深い自分の姿は、篤志と悦司だからこそ見られるのだと知って欲しかった。

「兄貴、綺麗だ」

悦司の欲情した声がしたかと思うと、篤志の指が蕾の中へじわじわと埋め込まれていく。さらに悦司も襞《ひだ》を掻き分けるようにして指を挿入してきて、紅のそこを拡げようとしていた。

「はぁ……っ、……あぁ……、……はぁ……、……ぁ……」

出しては挿れ、挿れては出し、二人の指は紅の蕾を執拗《しつよう》に凌辱した。柔らかく解れていくそれは、もっと太いものが欲しいと訴え始める。

指は二本、三本と増やされ、一度に二人の指を何本も咥《くわ》え込むほど解されても、感じるのは痛みではなかった。

とてつもない圧迫感は、次第に快感へと姿を変えていく。

幾度となく二人を咥え込んだ場所は、あの時の快楽を思い出し、柔らかい花弁を開いてそそり勃つものが差し込まれるのを待っていた。

「んぁ……、ぁ……、篤、志……、……悦司……、……ぁ……っく」

「兄貴。俺たちの指、気持ちいい？」

頷くと、篤志と悦司は申し合わせたように躰の位置を変えた。促され、ソファーに座る篤志を膝立《ひざだ》ちで跨《また》ぐ格好になり、その後ろに悦司が膝をつく。

「二人一緒に挿れちまっていい？」

指が出ていった代わりに、篤志の先端があてがわれた。まだ二人の指を咥えていたいと訴える蕾はすぐにそれに吸いつき、じわじわと呑《の》み込んでいく。

「ほら、兄貴。……腰、落として」

「——ぁ……っ、あっ、篤志……、んっ、ぁあっ、——ぁぁああ……っ！」

根元まで咥え込むと、篤志が中でひときわ大きくなったのがわかった。天井を仰《あお》ぎ見るように顎《あご》を仰《の》け反《ぞ》らせて奥に篤志を感じる。

なんて逞《たくま》しいのだろうと感動にも似た想いを抱き、自分を満たすものの太さに歓喜してしまう。

自分の中をいっぱいにする雄々しい屹立を締めつけずにはいられない。

熱かった。


しかし、これだけでは終わらないのはわかっていた。

篤志を咥え込む様子を確かめるように、悦司の指に結合した部分をゆっくりとなぞられる。

「——はぁ……っ！」

全身がわななないた。

まるで弟を咥え込むはしたない兄を責めるように、拡がった蕾を悦司に執拗にマッサージされ、己の罪深さに身を焦がされる。篤志だけでもいっぱいいっぱいだというのに、躰は悦司も咥えたがっていた。

物理的な太さが欲しいわけではない。

篤志だけでなく、悦司も欲しいのだ。二人を同時に味わわずにはいられない。

より深い愉悦を求めるようにそこがひくひくとなると、悦司は紅の気持ちを察しているかのように指先をねじ込んでくる。

「ぁ……っく、……ぁあっ、……悦司……っ、……ぁ」

苦しくてたまらなかった。もう、これ以上は無理だ。二人同時に咥え込むなんて、やっぱりできっこない。これ以上入らない。心の中で訴えるが、なぜか躰は被虐的な悦びに濡《ぬ》れ、無理だとも言える求めに応じようとしている。

「んぁあっ」

悦司の指先が入り込んでくると頭の中はぐちゃぐちゃになり、ソファの背凭れを摑んでぎゅっと握り締めた。それでも悦司はまだ許さないとばかりに、さらに二本目の指をねじ込んでくる。

「……ぁ……っく、……駄目だ……、駄目……だって……、そんな……、……そんなの……、入らな……」

「入るよ」

「……入ら、な……、……無理……、……ぁあ、そこ……、篤志……」

パジャマをたくし上げられ、いきなり胸の突起に吸いつかれて思わず篤志の頭を搔き抱いた。縋《すが》りつくように抱きついていると、悦司が指を抜いて屹立をあてがってくる。

「兄貴、……ほら、少し我慢して」

「んぁ、あ、ぁあ……、悦司……っ、悦……、――っく、――ぁあぁ……っ！」

すでに篤志で満たされていたそこに悦司のものが侵入してきて、紅はあまりの衝撃に唇を震わせて喘《あえ》いだ。根元まで収められたのがわかり、目を閉じてそれを感じる。

「兄貴……、全部、……全部、入った。欲張りな兄貴に、俺と篤志のが……入ってる」

耳元で熱い吐息が聞こえると、背中を甘い戦慄が走り抜ける。躰はつらいはずなのに、感じるのは満たされた悦びだった。

二人がゆっくりと腰を動かし始めると、それはいっそう大きくなる。

「んぁあっ、……あぁ……、……んぁ！　……やめ、……っく、……壊れ、……あぁ」

「……兄貴……っ、好きだよ。……兄貴」

「俺もだ、俺も……兄貴が、好きだ。……愛してる。悦司にだって……渡したくねぇよ」

「……俺だって、本当は……独占したい、……兄貴、愛してる」

「篤志……っ、悦司……っ、俺も……、……俺も……っ」

自分に向けられた欲望とひたむきな想いに、紅は身をどっぷりと浸からせた。倒錯じみた興奮の中、篤志と悦司を感じながら、自分が高みに登りつめていくのを感じた。

ひとたびその渦に巻き込まれるとあっという間にそれは近づいてくる。

「ぁ……、も……、イキた……、……イキ、た……、……も……っ」

「俺も……イっちまいそうだ」

「……俺も、限界だ……」

二人の息遣いが獣じみたものになってくると、かろうじて残っていた理性を捨てて愉悦の波に身を任せた。背中から脳天まで這い上がっていく快感に連れていかれる。

「んぁ、あっ、あ、あ、――んぁぁああ……っ！」

次の瞬間、紅は下腹部を激しく震わせていた。同時に篤志と悦司が小さく呻《うめ》き、二人の熱い迸《ほとばし》りに自分の中を濡らされたのを感じる。

（あ……、……すご……）

声にはならなかったが、放ってもなお自分を満たしたままの二人の逞しい屹立に、紅は感動にも似た想いをぼんやりと口にしていた。

くたくたに疲れた躰をソファーに放り出し、紅はうつ伏せで寝ていた。時計の針は十二時を回っている。

ソファーの下には、まるで飼い主を護る番犬のように篤志と悦司が座っていて、時折紅の頭を撫でたり手に頬を寄せたりしている。

うっすらと目を開け、男らしい色香を漂わせている二人の弟を眺めた。

激しさを見せたあとに見せられる静寂は、二人が持つ男らしい色香をいっそう引き立たせているようで、自分の弟ながら見惚《みと》れてしまう。男の嫉妬心を抱きながらも惹かれずにはいられない相手に、紅は負けを認めた。

どんなに足掻いても、この気持ちからは逃れられないのだと。

「……お前ら、やりすぎだ」

ベタ惚れにさせられているのが悔しくて、わざと叱《しか》るように言った。しかし、散々喘がされて酷使した喉から出るのは掠れた声で、自分の状態を白状しているだけだ。

躰にはまだ快楽の余韻が残っていて、なかなか抜け出せない。体力が回復したら、またきっと求めてしまうだろう。肉欲だけでなく、愛する者に愛される悦びは癖になる。

二人が笑ったのがわかり、下手に意地を張らないほうがいいと少し甘えてみせた。

「裂けるかと思った」

頭を撫でる悦司の手に自分の手を重ねる。手探りで篤志の頭を探すと、何度も掻き回した髪の毛をそっと梳いた。

「でも、よかっただろう?」

「……よかった」

「ほんと？　俺もすげぇよかったよ」

二人とこうしてまどろんでいるのは心地よく、紅はぼんやりと呟いた。

「やっぱり、キングサイズのベッドがいるな」

セックスもいいが、こうして余韻を味わっている幸福感も好きだ。二人を両手に抱いて、髪の毛の匂いを嗅《か》ぎ、体温を肌で感じる。

しばらくそうしていると、悦司が子供をあやすように前髪に触れてきて、優しく囁く。

「なぁ、兄貴。俺と篤志、どっちがよかった?」

「どっちって……」

「テクニックはどうでしたかって意味。兄貴があんなに乱れたのは、誰のおかげかなと思ってさ」

「俺に決まってんだろ」

篤志は自分の髪を梳いていた紅の手を取り、唇を押し当ててくる。

張り合う二人の言葉に、紅はクスリと笑った。そして、愛され尽くした時間を思い出し、正直な気持ちを口にする。

「どっちも……」

正直すぎただろうかと思うが、嘘はつけない。

紅の答えをどう思ったのか、触れてくる二人の手がいっそう優しくなったように感じた。

「欲張りの兄貴もセクシーでグッとくるけど、チャンスがあれば奪いにかかるから」

「俺もそのつもりだ。悦司には負けねぇ」

二人は宣言し合い、互いに目を合わせた。昔から仲がよくて、お互いの得意分野を生かして弱点を補い合ってきた双子の兄弟。

けれども、最大のライバルだ。

どちらか一人なんて選べるとは思えないが、優しく取り込むように口説く悦司と強引で相手を振り回すような篤志に奪い合いをされたら、自分はどうなってしまうのだろうと思う。

そんなスリリングな想像に上気した頰はいつまで収まらず、熱を冷まそうとするかのように紅は無意識に熱い吐息を漏らした。

エピローグ

引越し業者のトラックが、マンションの前に停まっていた。作業員は汗をタオルで拭《ぬぐ》い、紅が買ってきた飲み物を口にしている。

「荷物の降ろし忘れがないか、確認をお願いします」

作業員に言われ、荷台が空なのを確認してから書類に作業終了のサインをした。料金を払い終えると、引越し業者の作業員は全員で丁寧に挨拶《あいさつ》をしてからトラックに乗り込んでいく。

それを見送ったあと、すぐに部屋に戻った。

キッチンでは、すでに篤志と悦司が開梱《かいこん》作業に取りかかっている。自分が担当の風呂場にもダンボール箱は積みあがっており、ため息をついた。半年前にこれと同じ荷物を梱包《こんぽう》し、開梱して部屋を片づけたのに、また同じことをしなければならない。

兄弟三人の新しい生活が待っているとはいえ、面倒なものは面倒なのだ。

「あー、こんなことなら、頑張って荷物を全部解体するんじゃなかった」

独り言を零し、紅は必要な物から次々と出していった。

使いかけのシャンプーやリンスはビニール袋から出して風呂場に置き、ストックの石鹸《せっけん》や洗剤などは洗面台の下の棚に入れていく。タオル類は上の棚だ。

黙々と作業をしていると、キッチンで鍋《なべ》がいくつも落ちる派手な音がした。蓋《ふた》が床の上で回っているのがわかる。

「痛ぇ～。落ちてきた」

「何やってんだよ。あー、バラバラじゃないか。食器割ってないだろうな」

「割れ物は入ってないって」

悪戦苦闘している二人の声を聞いて、思わず笑った。仲がいい双子の弟が、協力して慣れない作業をしている姿が浮かんでくる。

手伝いに行くかと、残りを急いで片づけてキッチンに向かった。二人はまだたっぷりあるダンボール箱の前にしゃがみ込み、紅がいるほうに背中を向けて中の物を出している。

「二人とも大丈夫か？」

「大丈夫だけど、篤志の奴がさ……」

顔を上げて振り返ったのは、メガネをかけた篤志だった。悦司のフリをしているが、騙そうと思っても無駄だ。即座に指摘してやる。

「篤志のやつって……篤志はお前だろう」

「あれ、やっぱバレたか」

先ほどまで篤志が頭に赤いタオルを巻き、悦司がキャップを被って作業をしていたが、今は逆だ。シャツもズボンも、いつの間にか取り替えている。

開けなければならない荷物はまだまだたっぷりあるのに、二人して何を遊んでいるんだと呆れた。

「なんで兄貴にはバレるんだ〜」

「だから言っただろう。兄貴を騙すなんて無理だって」

「今さらだよ。ほら、とっとと働け」

急《せ》かすと、篤志が悦司にメガネを返して再び作業を開始する。

「キッチンは時間かかりそうだな」

「めんどくせぇ〜」

「みんなでやれば早いって。ほら、食器は俺がやるから、お前らそっちの大きいやつやってくれ」

そう言って戸棚の前に立ち、紙に包まれた食器を一つ一つ開けて中に突っ込んでいく。

すると、五分も経たないうちに後ろから目を両手で覆われた。

「だぁ〜れだ」

迷うまでもない。

「手が悦司で、声が篤志」

当たったらしく、ため息が聞こえてくる。

「わかってたけど、こうもあっさり見抜かれると一度くらい騙してみたいって気持ちはあるな」

クールな悦司までもが、ムキになって子供のようなことをしているのがおかしい。

そんなにしてまで確かめたいのかと思うが、自分たちを完璧に見分けてくれるのが嬉しいのだろう。その気持ちはわからないでもない。

「何回やっても俺は騙せないんだから、そんな悪戯《いたずら》してる暇があったら手ぇ動かせよ」

「じゃあさ、あれの違いもわかる？」

「お前、下品だぞ」

悦司が冷たい視線を篤志に注ぐ。

(あれって……ナニのことだよな)

紅は、ベッドで愛される時のことを思い出した。

目隠しをされ、篤志と悦司に同時に愛されることはよくある。見えない状態でキスをされ、手を這わされ、後ろを嬲られるのだが、そんな時でもどちらの手なのか、どちらのキスなのかちゃんとわかっている。

さらに、求められて紅が二人を愛撫する時も、口に含んだ途端、どちらのものなのか無意識のうちに見分けている。

「わかるよ。ちゃんと」

紅は、正直に言った。

「どう違うか教えてやろうか？」

二人の股間《こかん》に交互に流し目を送り、挑発的な微笑を浮かべる。

「いや、きっと知らないほうがいい」

悦司は中指でメガネを押し上げて顔を隠した。篤志は、深く項垂《うなだ》れて手を軽く挙げる。

「……いいです。ごめんなさい」

二人とも、耳がほんのりと赤くなっていた。獣に変貌した時とは大違いだ。

純情な反応に紅は思わず笑い、なんて可愛い弟たちだろうと、紅は二人に対する気持ちをいっそう深めるのだった。

あとがき

今回はめずらしく、あとがきのネタがございます。

この作品を書いている時、ちょうど一つ前に徳間さんから出して頂いた「親友とその息子」の見本誌が届きました。黒い猫のマークのお兄さんが荷物を持ってきてくれたのですが、季節は梅雨。私が受取サインをしている間、荷物が濡れないよう大事に大事に胸に抱っこしておりました。梅雨と言っても霧雨だったのに、なんでそこまで……。

ふと見ると、伝票に『水濡厳禁』の文字が。

ちゃんと梱包してあるので、そこまで大事にしなくても濡れないんだが、真面目だな黒い猫のマークのお兄さん。

もうね、本当に『抱っこ』と表現したくなるほど大事に抱えていたんですよ。いつ躰を揺すって子守唄を歌い始めるかと……。

そんだけです。

あ。話が終わってしまった。

さて、どうしましょう。はは。

また行稼ぎでもするか。

いや、作品について何か語ろう。

そういえば、この作品は数年前から温めていた話でございます。「双子の男前な弟に、前から後ろから愛される美人な兄ちゃんの話が書きたい！」というところから始まっております。3Pは難しゅうございました。篤志《あつし》の手は今ここで、悦司《えつし》がどんなふうにしていて、と覚えておかなければならないことが山ほど。

手が三本なければできないプレイとかになっていませんように。

ゲラでもそこはチェックした。間違いはない。……多分。

そんなわけでやっと行も埋まって参りましたので、最後のご挨拶をば……。

イラストをつけてくださった笠井《かさい》あゆみ先生。麗しいイラストをありがとうございます。担当さんが興奮気味で送ってくださったラフを拝見して、私も大興奮しました。

それから担当様。いつもご指導ありがとうございます。これからもよろしくお願い致します。

そして読者様。毎度毎度、変なあとがきですみません。作品は楽しんで頂けましたでしょうか？　時々、読者さんから興奮気味の感想を頂いたりするのですが、そういう時は本当に嬉しいです。こんな自分でも誰かを夢中にさせられるお話が書けたのかと思うと、つらいこともすべて吹き飛びます。

気に入って頂けましたら、また私の作品を読んでくださいませ。

中原《なかはら》　一也《かずや》

この本を読んでのご意見、ご感想を編集部までお寄せください。
《あて先》〒141－8202　東京都品川区上大崎3－1－1　徳間書店　キャラ編集部気付
「双子の獣たち」係

■初出一覧
双子の獣たち……書き下ろし

Chara

双子の獣たち……【キャラ文庫】

2012年8月31日 初刷
2018年5月25日 5刷
著者 中原一也
発行者 小宮英行
発行所 株式会社徳間書店
〒141-8202 東京都品川区上大崎3-1-1
電話048-451-5960(販売部)
03-5403-4348(編集部)
振替00140-0-44392

印刷・製本 図書印刷株式会社
カバー・口絵 近代美術株式会社
デザイン 百足屋ユウコ

ISBN978-4-19-900678-4

好評発売中

中原一也の本

【中華飯店に潜入せよ】

イラスト◆相葉キョウコ

下町の商店街で青年が行き倒れ!? 中華飯店の店主・魚住《うおずみ》に介抱され、そのまま居候になったワケありの青年・廉《れん》。その正体は地上げを目論むヤクザに、敵情視察で送られたスパイだった!! 任務のためなら色仕掛けも辞さない――逞しい腕で軽々と鉄鍋を扱う魚住と働くうち、ある夜ついに「俺のもんになれ」と裸に剝かれて抱かれてしまう!! 計画通りのはずなのに、なぜか廉は罪悪感に苛まれ!?

好評発売中

中原一也の本
【居候には逆らえない】
イラスト◆乃一ミクロ

臆病者で自ら災難を呼ぶ不幸体質——そんな葉山《はやま》がゴミ捨て場で拾った、蝿に塗れた行き倒れの男。鋭い眼光で凄まれ一夜だけと風呂を貸すが、その男・鬼塚《おにづか》は男臭い色香を放つ無精髭の偉丈夫に大変身!!「借りは身体で返してやる」と無理やり抱かれ、家に居座られてしまった!? 早く出て行ってほしいのに、面と向かっては言えない葉山。気まぐれに抱かれるうちに、鬼塚のことが気になり始め!?

好評発売中

中原一也の本

【後にも先にも】

イラスト◆梨とりこ

40歳手前で一児の父、なのに魔性の色香で男を惹きつける!? そんな探偵の川崎《かわさき》がある晩拾ったのは、荒んで泥酔した青年・田村《たむら》。酔った勢いで野獣のように川崎を抱いたのに、後日謝りに訪れた田村は、別人のように礼儀正しい好青年!! 以来、求職中なのになぜか事務所に入り浸り、川崎を手伝おうとする。忠犬のような従順さと隠し持つ鋭い牙。どちらが本当の顔か、不審に思いつつ翻弄され!?